LA RANA DEL RECTORADO

RECUERDOS DE SALAMANCA

EDICIONES UNIVERSAL, Miami, Florida, 2013

Manuel García-Linares

LA RANA DEL RECTORADO

RECUERDOS DE SALAMANCA

EDICIONES UNIVERSAL
P.O. Box 450353 (Shenandoah Station)
Miami, FL 33245-0353. USA
Tel: (305) 642-3234   Fax: (305) 642-7978
e-mail: ediciones@ediciones.com
http://www.ediciones.com

Library of Congress Catalog Card No.: 2013931812
ISBN-10: 1-59388-245-9
ISBN-13: 978-1-59388-245-7

Ilustración en la cubierta:
El autor, Manuel García-Linares con su esposa Marta,
frente a la Universidad de Salamanca

Diseño de la cubierta: Luis García Fresquet

A la memoria de mis padres.

En agradecimiento a Eugenio y Ena Ortiz Carreño.

MI SALAMANCA[1]

Miguel de Unamuno

Alto soto de torres que al ponerse
tras las encinas que el celaje esmaltan
dora a los rayos de su lumbre el padre
    Sol de Castilla;
bosque de piedras que arrancó la historia
a las entrañas de la tierra madre,
remanso de quietud, yo te bendigo,
    ¡mi Salamanca! (…)

Del corazón en las honduras guardo
tu alma robusta; cuando yo me muera
guarda, dorada Salamanca mía,
    tú mi recuerdo.

Y cuando el sol al acostarse encienda
el oro secular que te recama,
con tu lenguaje, de lo eterno heraldo,
    di tú que he sido.

---

[1] García Herrero, Ricardo: *Salamanca*, León, Editorial Everest S.A., 5ª ed., 2003.

ÍNDICE

I

PRÓLOGO

> Aunque nada pueda devolvernos los días
> de esplendor en la hierba y de la gloria en
> las flores, no debemos apenarnos, al con-
> trario, tenemos que buscar ánimos en los
> recuerdos.
>
> William Wordsworth[2]

En el curso 1955/1956, junto con más de 700 jóvenes que ambicionaban convertirse en médicos, comencé los estudios en la Facultad de Medicina de la Universidad de La Habana, cuyo plan académico constaba de siete años. Fue una época con grandes dificultades, períodos extensos sin clases y aprobación de asignaturas en exámenes de forma arremolinada. Si alguien nos hubiera vaticinado todo lo que le iba a suceder a mi clase en el futuro (exilio, prisión, guerra de Vietnam, terminar los estudios de medicina y ejercer en otros países) creo que nos hubiéramos echado a reír.

Muchos no pudimos graduarnos en nuestra querida Universidad al tener que exilarnos en los Estados Unidos, y trabajábamos en diferentes oficios en el área del cuidado del paciente: ayudantes de enfermería, instrumentistas quirúrgicos, laboratoristas, etc.,

---

[2] Wordsworth. William: *Ode: Intimations of Immortality* (Versión de José Luis Garci, en la película, *Volver a Empezar*).

siempre por vocación de estar junto al enfermo. Con carencias económicas, pero como dijo Martí, sin patria pero sin amo.

España, tierra de nuestros abuelos, donde nunca nos sentimos extranjeros, nos abrió sus puertas y sus universidades. Las asignaturas aprobadas en la Universidad de La Habana fueron convalidadas por el Ministerio de Educación español, con la sola presentación de las papeletas o notas de las mismas, si no la mayoría de nosotros no hubiéramos podido terminar la carrera; ya que era imposible obtener una relación de notas oficial de Cuba comunista. Inclusive recibimos becas, que aliviaron nuestra terrible situación económica. Una serie de circunstancias académicas, ayudaron para que muchos pudiéramos completar lo más rápido posible nuestros estudios de medicina, tronchados por la llegada del Castro-comunismo.

Al graduarnos de médicos, en mi caso diez años después de haber comenzado nuestros estudios en Cuba, regresamos a los Estados Unidos para reunirnos con nuestras familias, y tras aprobar los exámenes de reválida, continuar en universidades y hospitales americanos, nuestra superación científica en distintas especialidades, y luego aprobar los exámenes de licencia profesional de los distintos Estados de la Unión Americana. Sin embargo, muchos tuvimos que pasar por otra terrible prueba, pues antes de comenzar a ejercer nuestra profesión, fuimos llamados a servir en el ejército de los Estados Unidos en los hospitales y campos de batalla durante la guerra de Vietnam. Estoy muy orgulloso de mi clase (1955-1956) y de los compañeros de otros cursos que pasaron por circunstancias similares.

Este libro se limita al período de mis estudios en España, lleno de anécdotas y de momentos, unos cómicos y otros frustantes, y se empezó a gestar a la hora del almuerzo en el comedor de los médicos del Hospital Mercy en Miami. Los médicos cubanos, que habíamos terminado nuestra carrera en España, relatábamos nuestras aventuras en las universidades españolas. Muchas de mis anécdotas le resultaban simpáticas a mis colegas, y muchas veces se las repetía a mis pacientes al regresar a mi consultorio después del almuerzo. Infinidad de veces —mis pacientes me decían— Doctor, tiene que escribir un libro.

Mi amigo y colega Luis Flórez, destacado endocrinólogo graduado en la Universidad de Santiago de Compostela, me preguntaba:

—¿Cómo te puedes recordar de lo que pasó, después de tantos años?

Aparte de tener muy buena memoria, al partir de España, metí en una caja grande de cartón todos los libros, apuntes, notas, etc., que se encontraban encima de mi mesa de estudios en Salamanca. Dicha caja regresó con nosotros en el barco Santa María, y la guardé en los garages de las casas donde he vivido, aparte de un tiempo que estuvo almacenada con los muebles de mi hogar, durante mi estadía en la guerra de Vietnam. Más de cuarenta años después, al jubilarme, la encontré cuando realizaba una limpieza en el garage de mi casa, y al abrirla, me encontré con todos estos recuerdos.

Quizás mis compañeros se vean retratados también en estas páginas, ya que mis experiencias no fueron únicas. Mas debo confesar que al escribir este libro, he vuelto a ser aquel estudiante de Salamanca, con mucho miedo al futuro y muchas esperanzas por triunfar.

Cada vida es como un rosal, flores y alegrías, así como espinas y penas; pero en mi vida han habido muchas más alegrías que penas. Y ahora al final de mi carrera profesional puedo decir que gracias a Dios he sido un hombre triunfador en todas mis actividades, pues he sido un médico que encontró siempre cariño, confianza y agradecimiento de mis pacientes, a los cuales cuidé con toda mi ciencia y todo mi amor, y el respeto de mis colegas, siendo médico de muchos de ellos y de sus familias. Y la base del triunfo se encuentra en Salamanca.

Gracias, Universidad de Salamanca.
Gracias, España.

Manuel y Marta García-Linares en su apartamento
de Salamanca.

II

MARTA

Cada vez que hablábamos de España en reuniones con amigos, mi esposa Marta solía decir «cuando estudiábamos en Salamanca», y yo riendo, le corregía «oye, yo soy el que estudió medicina en esa universidad». Mas en realidad, Marta también estudió, pues continuamente me copiaba apuntes, resúmenes y conferencias con su letra clara y preciosa; así me libraba de esa tediosa actividad y me permitía leer o memorizar otros apuntes o algún libro.

La ayuda financiera de nuestros familiares y amigos, que nos permitió sobrevivir en España, en una época en que la Madre Patria sufría todavía de una mala situación económica, fue un factor importante para lograr terminar nuestra carrera de medicina. Mas, la importancia de las esposas de los que tuvimos la suerte de que nos acompañaran en nuestra aventura salmantina, es inconmensurable. Ellas se dedicaban, no sólo a alimentarnos y todas las otras actividades, para que nos pudiéramos dedicar completamente a nuestros estudios; sino que nos daban ánimo y rezaban durante los exámenes, y más importante todavía nos amaban.

La importancia de Marta en mi vida, no se puede resumir en las letras o líneas de un escrito. La siento como una parte u órgano de mi cuerpo, más importante que el cerebro o el corazón, y me regaló dos hijos, Manny y Ariel, que son nuestro orgullo.

Mujer linda por fuera y por dentro, me enamoré de ella el primer día que la vi en la Clínica Santa Isabel en La Habana, el veinticuatro de febrero de 1959. Al mes, ya eramos novios y planeábamos casarnos en poco tiempo; pero debido a la llegada del comunismo a nuestra patria, pasaron más de cuatro años para lograr ese sueño.

Marta abandonó Cuba en diciembre de 1960, y semanas después nos encontramos en Miami. Un amigo de la niñez, que se integró al comunismo, me escribió reprochándome por abandonar mis estudios de medicina. Me expresaba «tú no te has marchado de Cuba por la revolución, sino por la falta de Marta». Aunque detesto la falta de libertad y odio los horrores del comunismo, creo que no estaba muy equivocado mi ex amigo. Sin Marta nada habría valido la pena.

Debido a su inquebrantable fe religiosa, mis amigos me dicen que a pesar de mi agnosticismo, he ganado el cielo, no por ser buena persona, sino porque entraré agarrado de los zapatos de mi esposa.

Desde el bachillerato, fui un admirador de las obras del humorista gallego Wenceslao Fernández Florez, electo a la Real Academia Española en 1945. En una de sus novelas, dice Fernández Florez: «hay una frase, que me parece acertadísima, que llama al humorismo la sonrisa de una desilusión»[3].

Marta me regaló, por uno de los aniversarios de nuestra boda, la colección de Aguilar. En el prólogo del tomo 1, el gran escritor español, al comentar su novela *El Bosque Animado*, dice: «que será la que tarde más en hundirse en ese olvido que a todas está, sin duda, reservado»[4]. Pensamiento que me produjo un impacto

---

[3] Fernández Florez, Wenceslao: *Tragedias de la vida vulgar. Obras Completas.* Madrid, Aguilar S.A. de Ediciones 6ª. edición, 1964. Tomo I, página 752.

[4] *Idem.* Tomo I, Prólogo, página 21.

tremendo y que fue uno de los motivos que me impulsaron a escribir este libro.

Siempre expreso que yo no digo que Marta me quiera más que a mis hijos o mis nietas, pero si estoy seguro, que nadie me ha querido más que ella en el mundo. Fuimos muy felices, a pesar de las carencias económicas, cuando yo ganaba un mísero sueldo de técnico de laboratorio o médico interno, y felices cuando pudimos disfrutar de una posición desahogada.

Tengo un chiste personal pues Marta recibía un sueldo muy pequeño por trabajar en mi consultorio médico, y yo alardeaba que por esa minúscula suma de dinero, poseía una magnífica secretaria y asistenta, ama de llaves y excelente cocinera en el hogar, madre amantísima y niñera de mis hijos, fiel amante y leal compañera en las alegrías y tristezas.

III

CONSEJOS DE UN VIEJO MÉDICO

En agradecimiento a todos mis maestros.

«Hay que denunciar esa confusión, que hacen habitualmente los mejores espíritus, del éxito y la maestría en la medicina. No digo yo que sean dos cosa opuestas; incluso hay con frecuencia hermosos acuerdos. Digo que demasiado apresuradamente se deduce la maestría del éxito. Los elementos del éxito, en un muchacho de dieciocho años, son fáciles de descubrir: buena opinión de si mismo, sensibilidad mediocre, afición a los honores y a las distinciones, fácil resignación a un trabajo regular, ausencia de lirismo, sentido del beneficio. Todo eso le asegurará socialmente un lugar envidiado entre sus colegas. Loado en el mundo, considerado en los congresos, nada de todo eso haría que sea un buen médico. Lo mismo triunfaría en la metalurgia o en la política. Pero si a lo que debe llegar es a la maestría, entonces aparece la dificultad de la respuesta. Si dejase hablar a mi corazón sin temor al ridículo, querría que ese hijo destinado a la medicina sea un adolescente ingenuo y lleno de amor, pero no obstante rápido para la respuesta y pronto a la batalla. Querría que supiese dar sin hacer una inversión, observar sin prepararse un diccionario, mirar sin envidiar. Para convertirse en un buen médico, no le haría falta más que un buen maestro».[5]

André Soubiran

Cuando ya graduado de médico comencé el Internado en la Escuela de Medicina de la Universidad de Miami, al rotar por el servicio de Cardiología del Hospital de Veteranos,

---

[5] Soubiran, André: *Los Hombres de Blanco* (novela) Tomo 1: *Tú Serás Médico*. Buenos Aires, Librería Hachette S.A.,, 1955, Página 63.

trabajé con los doctores Rodrigo Bustamante y Agustin Castellanos Jr., cuya influencia provocó mi cambio de la Cirugía para la Medicina Interna. Durante la residencia, el doctor Eliseo Perez Stable fue uno de mis profesores y de quien tuve el honor, al regresar de Vietnam, de ser su primer Jefe de Residentes, al ser nombrado Eliseo, Jefe de Medicina del Hospital de Veteranos.

Luego, en mi entrenamiento como reumatólogo, mis mentores en esa especialidad fueron los doctores Harvey Brown, Norman Gottlieb, John Talbott y especialmente Alonso Portuondo, con quien tuve el honor de trabajar y aprender a su lado por varios años.

El doctor Portuondo había sido el profesor de los temas reumatológicos durante el curso de postgraduado 1965-1966 (dirigido por el doctor Rafael Peñalver), que tomé en la Facultad de Medicina de la Universidad de Miami, junto con médicos de América y Europa, y que era de gran ayuda para aprobar el examen de reválida de los Estados Unidos (ECFMG).

Años más tarde, trabajando con el doctor Portuondo en su consulta, él me pidió que lo ayudara a preparar las cuatro lecciones de Reumatología de este curso; luego me asignó la responsabilidad de enseñar dos de las lecciones y, finalmente, quiso que yo me ocupara de todas las clases.

Disfruté mucho enseñando ese curso, que se ofrecía dos veces al año; en la primavera en español y en el otoño en inglés. Fue un gran honor para mí, participar en el mismo, junto a médicos de gran prestigio como los doctores Virgilio Beato, Luis Felipe Mencía, Lidio Mora, José Gros, Diana López, Fernando Milanés y otros.

Infortunadamente la Universidad de Miami decidió en 1984 terminar el programa, a pesar de las protesta de todos los profesores.

IV

ANTECEDENTES

En julio de 1955, tras aprobar la última asignatura del Bachillerato (5º. Ciencias), un tío político mío me llevó a una clínica privada en el barrio habanero del Cerro, cuyo dueño y director, el doctor Mendiola, era muy amigo suyo. El doctor. Mendiola se portó muy bien conmigo y gracias a sus orientaciones pude aprender mucho de medicina ese verano. Lo primero que me sugirió fue ir a la sala de curas. El enfermero encargado era un hombre joven quien me enseñó a inyectar intramuscular e intravenoso, efectuar curas, quitar suturas, etc. Él no tuvo reparos en hacerlo, ya que sabía que yo no era competencia para su plaza de trabajo. En dos semanas, ya era bastante experto en los procedimientos que se efectuaban en ese departamento, por lo que empecé entonces a ayudar en el laboratorio clínico: exámenes de orina, hemograma, química sanguínea para azúcar, colesterol y urea, heces fecales buscando parásitos, etc. El trabajo en el laboratorio comenzaba muy temprano, antes de las siete de la mañana, se extraía la sangre de los pacientes hospitalizados en la clínica, y los de consultas externa, al igual que se recolectaban las otras muestras, orina y heces fecales. Ya a las once de la mañana, todos los análisis se habían completado.

Después de almorzar, me dirigía a la consulta externa, ya que me había hecho muy amigo del doctor Trujillo, médico de guardia del turno del mediodía, y lo ayudaba en su consultorio. Me enseñó a tomar la historia clínica, examinar el pulso y la tensión arterial, como se escribían las recetas y lo ayudé en varios partos que se presentaron durante su turno de trabajo . Tanto el doctor Trujillo como los laboratoristas, me prestaban libros que yo devoraba en mi casa en las noches.

Durante todo el verano de 1955, trabajé con pasión y sin descanso. Inclusive, una mañana, estando trabajando en el laboratorio me llamaron del quirófano. El doctor José Vital, cirujano jefe, tenía que operar una hernia inguinal estrangulada, y del equipo quirúrgico solamente estaba el anestesista. Al preguntarme en que año de medicina estaba, le contesté que, en realidad aun no había comenzado mis estudios. Me preguntó si me atrevía a ayudarlo. Le respondí:

—Si usted me enseña, me encantaría ayudarlo.

El doctor Vital me enseñó a lavarme, ponerme la bata y los guantes, a la vez que me instruía sobre la asepsia quirúrgica. Al parecer no lo hice tan mal, pues al terminar la operación, me dijo

—Quiero que vengas los días de cirugía para que nos ayudes— Así comencé a formar parte de un equipo quirúrgico.

El otro cirujano de la clínica era el doctor Jorge Echenique, que sería un prominente urólogo en Miami. Recuerdo las veces que lo asistí como primer ayudante en varias apendectomías.

El curso 1955-1956, no pudo comenzar en octubre de 1955 como se suponía, ya que todavía no se habían terminado los exámenes del curso anterior, como resultado de las muchas huelgas y protestas estudiantiles contra el gobierno de Batista. Pero el señor Isidro Hernández, que vendía los libros de la carrera, empezó a dar clases particulares de Anatomía en su academia. Esta asignatura junto con la Química Biológica, eran el difícil muro que había que saltar para pasar al segundo año, haciendo el papel de un selectivo. Más de una tercera parte del estudiantado eran eliminados por las dos. También comencé las clases privadas de Química Biológica, en la academia del doctor Baeza.

Todas las noche nos reuníamos Claudio Díaz Aróstegui, Primitivo Condis Sacasas y yo, compañeros desde el primer año de bachillerato en el Instituto de la Víbora, en la casa de Primitivo para estudiar la Anatomía y la Química. Claudio que había comenzado a trabajar en el servicio de Neurocirugía del doctor García Bengochea, llegó a ser uno de los más importantes neurocirujanos de Miami. Primitivo se convirtió en un fanático comunista y tomamos distintos caminos.

A finales de enero de 1956 me matriculé en el primer año de la carrera, con el expediente J-4853 y el carnet No. 99. Las clases comenzaron al fin, creo que en marzo. Las de Física Biológica eran de siete a ocho de la mañana, tres veces a la semana. Eran seguidas por las clases diarias de Química Biológica a las ocho, y a las nueve las de Histología Normal, los lunes, miércoles y viernes, y las de Embriología martes y jueves. A continuación, de diez a doce de la mañana, se realizaban las prácticas de estas asignaturas. Yo pertenecía al grupo 1, microscopio No.6 en la práctica de Histología.

Las clases teóricas de Anatomía Descriptiva, primer curso (estudio del tórax, abdomen y miembro inferior) eran a la una de la tarde y a continuación las prácticas, tres veces a la semana en las salas de disección. Mi grupo las tenía los martes, jueves y viernes y la primera práctica de disección ocurrió el cinco de abril.

El inicio del curso académico fue una muestra más de la violencia que caracterizaba a la sociedad cubana. Los compañeros del segundo año, que habían sufrido las novatadas (corte del cabello, pintadas en la piel y la ropa), al ingresar en la Facultad de Medicina en el curso de 1954, trataron de repetirlas con nuestra clase. En una reunión, todos decidimos oponernos a continuar estas costumbres estúpidas. Recuerdo que el Decano de la Facultad y catedrático de Histología Normal y Embriología, el profesor Ángel Vieta, nos arengaba para que resistiéramos. Las peleas sucedían todas las mañanas a la salida de las clases. Una vez, un camión de la Coca-Cola fue la víctima inocente, pues ambos grupos lo asaltaron para utilizar las botellas del refresco como proyectiles.

Finalmente, llegamos a un acuerdo. Los alumnos del primer año pagaríamos por una fiesta en honor al segundo año, y se acabaron las novatadas en la Facultad de Medicina.

Tenemos el orgullo de que mi curso logró terminar con esas prácticas humillantes.

Manuel García-Linares, Claudio J. Díaz y José A. García-Linares en la Escalinata de la Universidad de La Habana.

Una tarde, ya comenzado el curso académico, al salir de unas prácticas de disección, Primitivo y yo entramos al anfiteatro del quirófano del Hospital Universitario General Calixto García, donde se estaba realizando una operación de riñón. Pegados al cristal, no nos perdimos ningun aspecto de la misma. Noté que el cirujano miró hacia nosotros varias veces y al terminar la operación, nos esperaba a la puerta del anfiteatro. Era el doctor Molina Sabucedo, Jefe de Clínica del Servicio de Urología del Profesor Titular de la asignatura, doctor Rodríguez Molina. Nos preguntó si nos había gustado y al contestarle afirmativamente nos invitó a trabajar en el servicio de Urología de la Sala de Veteranos de la guerra de independencia de Cuba. Nuestro trabajo era supervisado por un alumno del último año de la carrera. No sólo hacíamos nuestro trabajo en la sala de Urología, sino participábamos también en en la sala de Medicina Interna, asistiendo al pase de visita del médico encargado de la misma, leer las historias y examinar a los pacientes. Pudimos comprobar más tarde que la sala de veteranos no era un lugar que atraía a los estudiantes, pero allí aprendimos muchísimo y fue el modo para, más tarde, trabajar en el Pabellón Albarrán, sitio de la cátedra de Urología de la Facultad de Medicina.

Nosotros sólo asistíamos a las prácticas obligatorias de las asignaturas, por lo que no tuvimos que abandonar nuestro trabajo hospitalario.

En el servicio de Urología, conocimos a un joven recién graduado, el doctor Orlando López Perez, que nos pidió que lo ayudaramos en las operaciones que realizaba en algunas clínicas privadas de La Habana. Orlando se convirtió en un gran amigo nuestro y en el exilio, ha sido uno de los más prominentes urólogos de Atlanta, donde lo visité varias veces cuando estuve destinado a Fort Benning en Georgia.

Las clases se suspendieron por casi dos meses, al atacar los revolucionarios el veintinueve de abril el cuartel militar de Matanzas (Goicuría). Cuando la universidad abrió de nuevo sus puertas, hubo que terminar el curso rápidamente, pero no se pudo completar la disección de los cadáveres, ya que los empleados del departamento los habían abandonado sin preparación adecuada. Cuando regresamos a las salas de disección los cadáveres se encontraban en estado de descomposición.

Comenzaron los exámenes, pero solamente pudimos examinar la Física Biológica (el dieciocho de octubre) y la Química Biológica (el doce de noviembre), en las que obtuve la calificación de Sobresaliente. El Consejo Universitario suspendió oficialmente el 28 de noviembre las actividades en la Universidad de La Habana, únicamente los alumnos del séptimo año de la carrera, pudieron examinar las asignaturas que les faltaban y presentar sus tésis de grado.[6]

El trece de marzo de 1957 ocurrió el ataque al Palacio Presidencial y la muerte del presidente de la Federación Estudiantil Universitaria, José Antonio Echeverría, y la Universidad de La Habana cerró definitivamente sus puertas.

Durante 1957 y 1958 ayudaba al doctor López Perez y por su recomendación empecé a trabajar en el servicio de Cirugía General del doctor Fernando Riquelme, y su auxiliar el doctor José Mìjares, en la Clínica Covadonga, con los que aprendí mucha técnica quirúrgica.

También asistía al servicio de Patología Médica del Hospital Universitario General Calixto García, con la excelente enseñanza de la Medicina Interna por los profesores Iglesias Betancourt, Portuondo de Castro y Muñiz Cano, y el médico residente doctor Federico Justiniani.

En 1959 al triunfar la revolución, comenzaron las actividades en la Universidad de La Habana y terminar las tres asignaturas pendientes del curso 1955-1956 . Isidro Hernández enseñó un repaso de la Anatomía y el examen fue el 14 de mayo. También se

---

[6] *Cuadernos de Historia de la Salud Pública* Nº 107. La Habana, Cuba.

dieron repasos de Histología Normal y Embriología. El examen de Embriología ocurrió el diez de junio y el de Histología el veintidós de julio. Los tres exámenes los pasé con Sobresaliente.

Grupo de Disección — Anatomía II:
Manuel García-Linares con Javier Rodríguez,
Juan Luis Naya, Manuel Rey Prieto, Luis Córdova,
Domínguez y otros compañeros.

En octubre me matriculé (Carnet No. 2179) y comenzamos el segundo año de un nuevo plan de estudios, mediante el cual mi clase se graduaría en cinco años, siendo el último de ellos un año de internado. Las asignaturas eran Anatomía segundo curso, Fisiología, Microbiología, Parasitología y Enfermedades Tropicales, y Laboratorio Clínico. No sé por qué razón el curso se nombró 1958-1959, si ya estábamos a fines del 1959.

La primera práctica de disección fue el diecisiete de noviembre, siendo el instructor de las mismas el doctor Carlos Cabrera Calderín.

Examinamos la Parasitología el siete de noviembre; el Laboratorio Clínico el once de febrero de 1960; la Anatomía Patológica el dieciocho de mayo, la Microbiología el dos de junio y la Fisiología el dieciséis de este último mes. Todas las pasé con Sobresaliente, menos la Microbiología con Notable, pero no examiné la Anatomía.

La situación política de Cuba volvió a influenciar en nuestros estudios. Muchos de mis compañeros de clase nos opusimos al comunismo y carenamos en el exilio o el presidio. En julio de 1960 fueron expulsados los profesores no comunistas de la Universidad de La Habana, y aunque matriculé el tercer año, casi no fui a clases, y poco después, escapaba del infierno comunista y llegaba a Miami.

Marta me esperó en el aeropuerto, me dio el dinero que le habían regalado por la Navidad y me consiguió un lugar donde dormir por unos días. Unos días más tarde, me recibieron en su casa como a un hijo el doctor Riquelme y su esposa Ofelia, donde ya se refugiaba Ramiro Iglesias, compañero de medicina. Unas semanas más tarde pude alquilar una habitación al lograr mi primer trabajo en los Estados Unidos, como ayudante de enfermería en el piso sexto del Hospital Monte Sinaí de Miami Beach. A los pocos meses, conseguí un trabajo en un laboratorio privado, que tenía un cuarto para hacer análisis prematrimoniales de sífilis en la calle Flagler, frente a la Corte del condado Dade, donde las parejas solicitaban la licencia matrimonial. El laboratorio compartía el salón de espera con un estudio fotográfico, donde conocí al fotógrafo, Eugenio Ortiz Carreño, y a su esposa Ena, los cuales como se verá más adelante, se convirtieron en personas muy importantes de mi vida. Si no hubiera sido por la ayuda espiritual y económica de Carreño y Ena, hubiera sido imposible partir para España para completar mis estudios de medicina.

V

MIAMI

En la primavera de 1964 me encontraba trabajando como técnico del Banco de Sangre del Hospital Mercy de Miami, lugar donde aprendí los procedimientos para la transfusión de los distintos productos de la sangre y aumentó mi experiencia en venopunción.

A finales de mayo, Eugenio Ortiz Carreño, el famoso fotógrafo del periódico habanero Diario de la Marina, destruido por el régimen comunista en 1960, y su esposa Ena, me invitaron junto con mi esposa Marta a cenar, y luego a tomar unas copas y ver el show del cabaret *Les Violins*. Hacía varios años que éramos grandes amigos; lo conocí en 1961, cuando yo trabajaba en un laboratorio clínico que tenía común la sala de espera con su estudio fotográfico: Karreño Photo Studio. Muchas veces lo ayudé como traductor de inglés y le refería desinteresadamente a las parejas que se habían realizado los análisis requeridos para la licencia matrimonial, que se tomaran unas fotos como recuerdo de sus bodas.

Esa noche en Les Violins, me preguntó Carreño:

—Manolo, que cara tienes. Luces triste y deprimido.

—Fíjate —le contesté— Juan Luis Naya, un compañero de curso en la Escuela de Medicina de la Universidad de La Habana se ha marchado hace una semana a España para terminar la carrera. Y ahora, su cuñado Julio Buzzi, también compañero mío de curso y que trabaja conmigo en el Banco de Sangre del Hospital Mercy, parte también en pocos días para España. Por mi parte, creo que nunca podré ser médico, que fue mi sueño desde que era niño.

—¿Y por qué no te vas tú también para España?

—Mira, Carreño. Primero, no tengo dinero para hacer realidad ese sueño.

—Tu papá, ¿no te pudiera ayudar económicamente?

—Quizás me pudiera enviar 50 o 60 dolares al mes, que no alcanzaría. Además el costo de los pasajes, y finalmente, hasta los pasaportes de Marta y mío están vencidos.

—Bueno, vamos a pasarla bien ahora en el club y mañana me das tu pasaporte y el de Marta, pues Ena y yo nos vamos de vacaciones para Madrid la semana que viene.

Semanas mas tarde, nos volvimos a reunir con los Carreño a su regreso de España. Nos entregó nuestros pasaportes habilitados por 5 años con un cuño oficial (esto lo logró, porque el cónsul cubano en las Islas Canarias, al exilarse en España, se había llevado consigo cuños oficiales, pasaportes en blanco, etc.). También, con la ayuda de Gabino Delgado, un famoso cronista deportivo exiliado en España, nos había conseguido la autorización del Ministerio de Asuntos Exteriores para que el Consulado General de España nos diera las visas que nos permitieran viajar a España. También me dio 2,500 dolares, y me prometió enviarme cincuenta dólares al mes.

Me parecía mentira lo que me estaba ocurriendo. Lleno de alegría, notifiqué al hospital, que en dos semanas abandonaba mi trabajo en el mismo, y comencé las gestiones necesarias para nuestra ida a España, incluyendo la visa de reentrada (*Reentry Permit*) a los Estados Unidos. Fue increíble como en pocas semanas se había resuelto todo, a pesar de que tuve un accidente de tráfico, que se resolvió gracias a que la persona que le choqué su auto se conformó con los doscientos dólares que le dí para su arreglo, evitando involucrar a la policía y tener que quedarme más tiempo en Miami, por causa de un juicio.

Como no tenía idea de cuanto tiempo estaría en España para completar mis estudios, decidí ir a visitar a mis padres y hermanos, que en esos tiempos vivían en Los Angeles, California. Mi padre me dio algún dinero, y me prometió sesenta u ochenta dólares al mes. Días más tarde, me despedía de mis padres por tercera vez en mi vida, dejándome un sentimiento amargo en mi alma, sin saber cuando los volvería a ver. Sabía que si enfermaran o morían no podría venir a su lado a acompañarlos, por la distancia y por la falta de dinero. Esta despedida, casi sin esperanza de volver a verlos, se repetiría otra vez más en mi vida, cuando en 1970 partí para la guerra de Vietnam.

VI

RUMBO A ESPAÑA

El veintisiete de julio de 1964 tomamos un avión de la compañía National Airlines con destino a Nueva York, ya que Iberia no volaba entonces a Madrid desde Miami. No recuerdo porqué la empleada nos mejoró los asientos para la primera clase, con lo que el viaje sería más cómodo. Pero cuando el avión cruzaba sobre los pantanos del Everglades, se notó que había fuego en uno de los motores de nuestro lado, y tuvimos que regresar a Miami

Marta se puso a rezar el rosario, su fe religiosa es lo único que la tranquiliza. Para nuestra tranquilidad, al aterrizar sin problemas en el aeropuerto de Miami, la National Airlines decidió cambiar el avión y casi perdemos nuestra conexión con Iberia en Nueva York por todo el tiempo perdido. Fue un signo para nosotros, conseguiríamos nuestras metas con nuestra dedicación y trabajo, pero que siempre habrían grandes dificultades que resolver.

En la tarde abordamos el avión de Iberia, junto con Roberto Cuesta, compañero mío desde el primer año de medicina en Cuba y que también marchaba para España con el fin de continuar la carrera. El vuelo partió a las ocho de la noche. El avión era un 707 con tres asientos a cada lado del pasillo central. Marta ocupó el asiento al lado de la ventanilla, yo el del medio, y Roberto el del pasillo. Recuerdo que la cena que sirvieron poco después fue excelente, rociada con un buen vino tinto.

Dos incidentes simpáticos del viaje se quedaron en mi memoria. El primero fue que Roberto anticipó:

—Tú verás que la azafata que viene sirviendo las copas de vino me la echa encima.

Mi risa estruendosa no le gustó nada a la joven española, cuando eso precisamente ocurrió.

El otro incidente aconteció en la madrugada. Aunque el avión estaba a oscuras, no teníamos sueño, y Marta me dijo que tenía la boca muy seca y que quería tomar un vaso de Coca-Cola. Me fui hasta el fondo del avión y me encontré al sobrecargo, roncando en su asiento. Despues de hablarle y hasta tocarle varias veces, al fin se despertó.

—Pero hombre, ¡qué coño pasa! —me dijo con mala cara.

—Sería usted tan amable de darme un vaso de Coca-Cola para mi esposa.

—Pero usted se da cuenta de la hora que es para estar tomando Coca-Cola.

—Que tiene que ver la hora —le contesté.

—Pues mire usted, a esta hora, no se toma uno nada, a esta hora se duerme.

—Amigo, no discutamos más. Me da el vaso con el refresco y lo dejo tranquilo.

De muy mala gana y diciendo pestes, me dio la Coca-Cola, y regresé a mi asiento.

Por la ventanilla del avión vimos el amanecer sobre los campos de Castilla, y alrededor de las 8 de la mañana aterrizamos en el aeropuerto de Barajas.

El paso por el control de pasaportes también tuvo sus momentos peculiares. El funcionario nos preguntó, con cara de pocos amigos, a que lugar de España nos dirigíamos. Le contesté que no conocíamos bien nuestro destino final. No sabíamos si nos quedábamos en Madrid o si nos marcharíamos a Salamanca. Aquella contesta llenó de indignación al caballero, que empezó a gritar que él tenía que saber exactamente a donde nos dirigíamos. Entonces le dije:

—Señor, ponga usted Salamanca.

Con un gesto brusco acuñó nuestros pasaportes y nos señaló que siguiéramos nuestro camino.

Creo que la falta de paciencia y las malas maneras de los funcionarios de inmigración, han sido observadas por mí en casi todos los países que he visitado, si no pueden llenar las planillas con todos los datos. Muchos años más tarde, en un viaje de vacaciones a Santo Domingo, le preguntaron a un joven norteamericano que se encontraba en la fila delante de nosotros, que adonde iba. Al decir que no lo sabía, provocó una sarta de gritos e insultos del oficial. En la pared de la oficina de control de pasaportes, se encontraban unos carteles anunciando varios hoteles de la capital dominicana. Tocando el hombro del joven, le dije en inglés muy bajito, que mirara para los carteles de la pared. Al mencionar el americano el nombre de uno de los hoteles anunciados, se tranquilizó el funcionario y lo dejó partir en paz.

VII

MADRID

En el aeropuerto de Barajas, tomamos el autobús de Iberia, que nos llevaría para el centro de la capital de España.

La belleza de la ciudad de Madrid no se pudo apreciar durante el recorrido. Nos llevaron por zonas francamente feas, mal cuidadas, dando la impresión de abandono y suciedad. Marta, que se había asustado al ver la Guardia Civil con sus sombreros de charol, me miraba de soslayo durante el viaje, pero no decía nada. Al llegar a la plaza de Neptuno, nos bajamos del autobús, y al entrar en las oficinas de Iberia, fue un shock encontrar una tremenda rotura en la pared detrás del mostrador de servicio que parecía un hueco producido por un cañonazo.

Nuestro estado de ánimo no mejoraba. Pero al salir a la acera con nuestras maletas sucedió un milagro. Nos encontramos con Miguel Canino y René Álvarez, compañeros de un curso por debajo del nuestro en La Habana, que caminaban en esos momentos por allí.

De lo más serviciales, nos llevaron a una pensión cercana. Mas al subir la escalera, ésta crepitaba tremendamente con cada paso, y al entrar en la sala, nos encontramos a un anciano sentado en un sillón que continuamente expectoraba flemas en una escupidera a su lado. Dirigí mi mirada a Marta y al ver su cara de asco, le pregunté a mis amigos:

—¿Ustedes saben si hay un hotelito barato por aquí?

Enseguida, nos llevaron al Hotel Inglés en la calle Echegaray Nº 12, que sería desde entonces nuestro alojamiento en las distintas oportunidades en que viajamos a Madrid desde Salamanca.

Antes de marcharse Canino y Álvarez, nos aconsejaron que al igual que casi todos los cubanos, nos trasladáramos a Salamanca, pues las cosas en la Universidad de Madrid estaban cada vez más difíciles debido a las huelgas estudiantiles. Ellos también se trasladarían para Salamanca antes de comenzar el nuevo curso en octubre.

Cuando llegamos a nuestro cuarto, Marta se tiró en la cama y comenzó a llorar. La vi tan nerviosa y aterrada, que le dije:

—Mi amor, si tú quieres, compramos un billete de avión y nos regresamos a Miami. Yo no quiero que te me enfermes y me olvido de terminar la carrera.

En ese momento tocaron a nuestra puerta y al abrir, nos encontramos a Roberto con un orinal en la mano, que nos decía:

—Desde que salí del pueblo de San Nicolás de Bari, no había vuelto a ver una cosa de estas.

La risa de Roberto se mezcló con la nuestra, y creo que ese acto de nuestro amigo fue como un antídoto al veneno de la desesperación que estábamos sufriendo.

Al día siguiente nos dirigimos al Ministerio de Educación, y al llegar al departamento de convalidaciones, éste se encontraba lleno de jóvenes, aparentemente extranjeros. El bedel nos dio los turnos dieciocho y diecinueve, pero al mirar un letrero encima de la ventanilla de servicio que decía «HORARIO DE 12 A 13», comprendimos que era imposible que nos atendieran ese día. Cuando la empleada cerró la ventanilla, exactamente a la una en punto, solamente habían atendido a cuatro o cinco estudiantes, a pesar de las quejas de los restantes.

Llegó el bedel y dijo:

—¡Ala! Volved mañana.

Abandonamos las oficinas preocupados. A este paso nos demoraríamos en Madrid sabe Dios qué tiempo.

Ese día visitamos a otro compañero de nuestro curso, Joaquín Vega, que había estudiado el bachillerato con Roberto en el Instituto de Güines. Nos volvió a recalcar, que nuestra mejor opción era irnos para Salamanca. Aquí todo se ha puesto muy difícil y nos contó que muchos compañeros de nuestro curso ya se encontraban allí.

Al día siguiente bien temprano, llegamos al Ministerio de Educación. Aunque todas las oficinas se encontraban cerradas nos encontramos al bedel y le dimos una buena propina. Nos consiguió los turnos uno y dos. Aprendimos que ese era el único sistema para resolver todos los asuntos rápidamente.

Efectivamente a la doce en punto nos atendieron. Entregamos nuestros documentos, las notas de las asignaturas aprobadas en la Universidad de La Habana y el título de bachillerato, y nos dieron un papel autorizándonos a matricularnos en la Universidad de Salamanca. De vuelta al hotel, pagamos nuestra cuenta, y partimos para la estación de trenes, para nuetro viaje a Salamanca.

VIII

CRUZAR EL ECUADOR

Marta, Roberto y yo, salimos en tren rumbo a Salamanca en un vagón de segunda clase. En nuestro compartimiento del tren, se encontraba una familia, un matrimonio y sus dos hijas, que regresaban a Salamanca, con los cuales conversamos animadamente.

Un rato más tarde, sacaron un queso y nos ofrecieron pedazos del mismo, así como vino tinto, pero como venía en una bota solamente Roberto se arriesgó a beberlo, por supuesto manchando su ropa y provocando que todos riéramos con ganas.

En Salamanca, nos dirigimos a un edificio donde nos alojamos en la pensión de Doña Rosa. Desde el principio, comprendí que Marta no se sentiría bien en ese lugar. Como sólo había estudiantes varones de la Universidad, tenía que pasar todo el día encerrada en el cuarto. Otro problema fue la comida de la pensión que nos produjo diarrea. Para suerte nuestra, Buzzi nos informó que en el edificio donde él vivía y que se encontraba a pocas cuadras de la pensión en la calle Torres Villarroel, había un apartamento libre en el sexto piso. Nos comunicamos inmediatamente con el administrador y logramos rentarlo.

Al día siguiente de nuestra llegada a Salamanca, fuimos a la secretaría de la Facultad de Medicina y nos matriculamos como alumnos libres con el documento que nos habían dado en Madrid, logrando poder concurrir a los exámenes extraordinarios de septiembre del presente curso (1963-1964).

Al llegar a Salamanca, me encuentro que tenía por necesidad que aprobar en la convocatoria de septiembre las asignaturas de Anatomía segundo curso., Psicología e Inglés, correspondientes al segundo año de la carrera, y Patología General, Farmacología y Terapéutica Física General del tercer año, para entonces poder matricular las asignaturas clínicas en el próximo curso en octubre. Era vital para mí el aprobar estas materias, pues no me podía dar el lujo de dedicarles a ellas un curso completo. Por suerte como extranjeros, estábamos exentos de las asignaturas de Formación Política, Educación Física y Religión y cuyas notas recibimos en septiembre.

Así que durante el mes de agosto la actividad fue incesante: clases particulares de Patología General, Farmacología y Anatomía, prácticas de Propedéutica Clínica en el Hospital Clínico; y estudio constante en casa, casi sin tiempo para comer o dormir.

Durante la primera semana traté de estudiar con Roberto, pero teníamos diferentes métodos. Él quería solamente memorizarlo todo poco a poco y a mí me gustaba hacer correlaciones entre los datos. Finalmente, cada uno empezó a estudiar solo.

En septiembre nuestro grupo logró que las cátedras de Psicología e Inglés nos examinaran de ambas asignaturas. El examen de Inglés consistió en la traducción de una oración del español al inglés y el de Psicología contestar tres preguntas. No creo que ambos exámenes fueron calificados, pues nos entregaron las papeletas con el Aprobado, inmediatamente al terminar los mismos.

El examen de Terapéutica Física fue inaudito, el profesor dictó las tres preguntas, y enseguida todos los estudiantes, como nos habían informado anteriormente, sacamos el pequeño folletico que explicaba los distintos temas de la asignatura, y copiamos las respuestas. Igualmente, nos dieran enseguida las papeletas con el Aprobado.

IX

LA RANA UNIVERSITARIA

Esta humilde bestezuela, acapara las miradas de cuantos contemplan el admirable tapiz de piedra dorada de la portada de la docta casa, quienes la buscan afanosamente entre tanto adorno y maravilla, ya sean estudiantes novicios o turistas apresurados; de todos los cuales gustaba decir el maestro Unamuno, que no es lo malo que vieran la rana, sino que no vieran más que ella.

Luis Cortés

Nos dice don Luis Cortés, catedrático de Filología Francesa, «que la ciudad de Salamanca cuenta entre la dilatada prole de su riqueza artística, con un maravilloso bestiario de muy diversa índole.

Mas son tres los animales que mayormente dan fama a Salamanca:

1º— El toro ibérico sobre el puente romano, que forma parte del escudo heráldico de la ciudad, y donde el Lazarillo recibiera una dolorosa lección de madurez de su ciego tutor, transformándolo en el primer pícaro de España.

2º— El gallo de la catedral vieja salmantina.

3º— La rana que adorna la fachada de la Universidad».

Manuel y Marta García-Linares con Isabel y Rolando
Branly frente a la fachada del Rectorado de la
Universidad de Salamanca.

Pues siguiendo una costumbre salmantina, nos llevaron a Marta, Roberto y a mí, tan pronto arribamos a Salamanca, frente al Rectorado para ver si podíamos identificar dónde se encontraba la famosa rana; que según los estudiosos tiene su leyenda, la cual dice que si el estudiante ve la rana sin ayuda, aprobará los exámenes. Si no la encuentras, dice la superstición, no te graduarás en esta casa de estudio.

A pesar de que estuvimos observando la fachada por largo rato, no pudimos ver dónde estaba posado el dichoso batracio, hasta que me señalaron a la gran pilastra de la derecha y a la terminación del primer cuerpo, en la que a modo de capitel hay tres calaveras, y es precisamente la de la izquierda la que lleva encima la rana. Al terminar nuestros estudios, pude comprobar que la leyenda no funcionó, por lo menos en nuestro caso.

En cuanto al significado del necrófilo batracio sobre el cráneo, Don Luis Cortés nos comenta:

«que el encuentro de una ranita y de una calavera no tiene nada de fortuito y casual. No es un capricho de cantero ni es muestra del nacimiento del surrealismo. Tal encuentro tiene una larga tradición, que une a la rana con la muerte, y que hunde sus raíces en creencias religiosas del Egipto milenario y pasando por el Apocalipsis desembocaría en la Edad Media, para simbolizar la lujuria castigada eternamente. La ranita salmantina se esculpió en la fachada de su universidad, es decir, un centro frecuentado por mozos en edad de ser tentados por natura con el aguijón de la carne. La rana universitaria está gritando una lección harto provechosa: dice castidad, dice disciplina».[7]

---

[7]   Cortés Vázquez, Luis: *Un enigma salmantino: La Rana Universitaria.* Salamanca, Gráficas Cervantes, S.A., 2ª edición, 1978.

X

ANATOMÍA

Las asignaturas de Anatomía Descriptiva y Topográfica segundo curso y Técnica Anatómica segundo curso, que incluían a la NeuroAnatomía, eran el obstáculo más grande al que me enfrentaba en ese verano del 1964.

—Si no las apruebo —le decía a Marta— tenemos que regresar a Miami, pues era imposible repetir esas asignatura en un curso regular, ya que entonces me demoraría mucho para terminar mis estudios. Tendría que olvidarme del sueño de llegar a ser médico algún día.

En la Universidad de La Habana, había estudiado la asignatura y completado las prácticas de disección de la misma, pero no asistí a ninguna convocatoria de examen. Ya la Universidad había sido tomada por el gobierno comunista y habían renunciado la mayoría de los profesores. En aquellos momentos mi mayor preocupación era la situación política de Cuba y la tristeza que sentía pues las condiciones apuntaban hacia una salida de mi patria en los próximos meses. No tenía cabeza ni ánimo para examinarme.

Un examen escrito contaba por las dos asignaturas, ya que en Técnica Anatómica no había examen práctico.

Me compré el *Compendio de Anatomía Descriptiva* de Testut y Latarjet, así como el *Atlas de Anatomía* de Pauchet y Dupret, y comencé a estudiar los temas del programa de la asignatura. En una conversación con mi amigo y compañero Rafael Arango, le dije que sentía una gran intranquilidad por la posibilidad de suspenderla.

Arango me dijo que conocía al profesor adjunto de la cátedra y que quizás me convenía tomar clases privadas con el mismo. Así lo hice y empecé a asistir a su casa para repasar los temas más importantes de la asignatura.

Me ayudó también que en Patología General, se discutían las bases anatómicas y funcionales de los síndromes del sistema nervioso, como la parálisis facial, trastornos de la medula espinal, etc.

Recuerdo que la mañana del examen, llegamos Rafael Arango, Rafael Rodríguez y yo a la Facultad, y nos encontramos a un grupo numeroso de estudiantes que habían suspendido la asignatura en los exámenes de junio.

El catedrático profesor José María Genis Gálvez, abrió la puerta del aula donde se iba a desarrollar el examen, y ordenó que pasaran los alumnos oficiales,; también dejó entrar a unos pocos alumnos libres, cerrando la puerta en nuestras narices. Yo estaba muy angustiado, entre el nerviosismo y la tensión del momento. Arango pudo abrir un poco la puerta para ver si se podía escuchar las preguntas. Nos erizamos al escuchar la primera pregunta: Embriología y Anatomía Topográfica de la Glándula Parótida. Sentí un frío helado por mi cuerpo, ya que si hubiéramos entrado al aula con el primer grupo seguramente que habría suspendido, pues yo ni había mirado ese tema durante mis estudios.

Una hora más tarde nos llegó el turno al resto de los estudiantes y entramos al aula del examen. El corazón me palpitaba muy rápido y las manos temblaban del nerviosismo. Comprendía que éste era el momento crucial de mi vida en España.

Mas cuando el catedrático anunció la primera pregunta: la cápsula interna, me pude controlar y tomando el bolígrafo empecé a escribir la respuesta. No sólo describí los aspectos anatómicos, sino que añadí comentarios de correlación clínica. De las otras preguntas solamente recuerdo una que se relacionaba con la aorta torácica y sus ramas.

Al salir del examen, sentía dentro de mi que había aprobado la asignatura. Llegué corriendo a nuestro piso y abrazando a Marta le gritaba:

—¡Voy a ser médico!

Cuando días más tarde, recibí la papeleta con el Aprobado, me dije que hay que triunfar en Patología General y Farmacología, los dos escollos que me quedaban para cruzar el ecuador.

No puedo terminar este capítulo, sin anotar lo agradecido que siempre le estaré a Rafael Arango, por su ayuda.

XI

LA FICHA

Yo creo que Patología General y Propedéutica era una de las asignaturas más importante del plan de estudios. Además de ser una de las necesarias para poder cruzar el ecuador, su conocimiento era básico, no sólo para la Medicina Interna, sino para todas las otras asignaturas clínicas.

El catedrático de la asignatura, profesor Alfonso Balcells Gorina, también era el Rector de la Universidad y se decía que era miembro del Opus Dei. Como habíamos llegado a Salamanca al finalizar el curso, no pude observar sus clases, pero me compré un libro publicado por la cátedra el año anterior, que tenía unos apuntes resumidos de las clases del profesor Balcells, del profesor adjunto doctor Manuel Bondía García Fuente y del doctor Moreno de Vega[8]. También el Rector había publicado un pequeño volumen sobre la interpretación de los análisis de laboratorio y pruebas funcionales.

Un compañero nuestro desde el primer año de medicina en Cuba, Jesús Martínez, que vivía con su esposa, hijo y cuñada en el quinto piso del edificio donde nosotros vivíamos, nos orientó en relación a esta asignatura. Primero nos llevó a casa del doctor Ángel Gómez, un internista con grandes dotes de maestro, para incorporarnos a su grupo de clases privadas de Patología General. Sus clases eran excelentes; dictaba cada lección y a la vez explicaba los puntos difíciles de cada tema, por lo que aprendimos muchí-

---

[8]   Balcells Gorina, Prof. A.: *Patología General y Fisiopatología (Esquemas para repaso)*, Salamanca, Cátedra de Patología General y Propedeútica Clínica, Facultad de Medicina, Universidad de Salamanca, 1963.

simo. También conocía las costumbres del profesor Balcells, nos enseñaba técnicas para el examen oral, especialmente como contestar las preguntas capciosas.

De lunes a sábado, el grupo de estudiantes se sentaba alrededor de una mesa con Ángel Gómez, a eso de las cinco de la tarde. Sus apuntes de clase eran magníficos, y nos sirvieron luego para las clases de Patología Médica.

Para poder tomar el examen final oral era obligatorio haber realizado prácticas de Propedéutica Clínica (como interrogar y examinar a los pacientes) en la sala de la Cátedra de Patología General del Hospital Clínico, así como un examen práctico. Yo no sé como Jesús Martínez consiguió que el profesor adjunto doctor Bondía le diera a nuestro grupo las clases prácticas necesarias, utilizando los pacientes hospitalizados. El doctor Bondía era un hombre muy amable y sin su ayuda no hubiéramos podido examinar la asignatura; le agradecimos mucho su sacrificio de pasar unas horas con nosotros,

Como veremos más adelante, los consejos de Ángel Gómez en referencia al examen final, me ayudaron tremendamente,. Recalcó varias veces que tuviéramos cuidado si preguntaba sobre las parálisis. Si eso hacía era porque estaba muy enfadado. Así cuando el estudiante se ponía a discutir las parálisis nerviosas, de primera y segunda neuronas, el profesor Balcells le pedía que describiera las parálisis no nerviosas, el cual era un tema más complicado de explicar, ya que incluía las producidas por lesiones vasculares, como la paraplegia por isquemia de la trombosis aortoiliaca (síndrome de Leriche); las parálisis de las distrofias musculares progresivas, etc.

Con tanta actividad ese verano, nos pareció que el tiempo transcurrió rápidamente, y llegó la época de los exámenes.

Antes del examen oral final de la asignatura, como mencioné anteriormente, era necesario aprobar un examen práctico, que se realizaba en la sala del hospital por uno de los ayudantes de la cátedra. Se dividieron los alumnos en tres grupos: al primero lo examinaban sobre un signo físico en un paciente de la sala; en el segundo grupo, los alumnos tenían que discutir sobre el resultado de un análisis de laboratorio; y en el tercer grupo había que interpretar una radiografía. A Roberto y a mí nos tocó en el tercer grupo y nos examinaron juntos a la vez. El ayudante de cátedra nos enfrentó con una radiografía postero-anterior del torax, y me preguntó:

—¿Qué me puedes decir de esta radiografía?

En ese momento, recordé otro consejo de Ángel Gómez: «No comentes nada de los campos pulmonares sin antes comentar sobre la columna vertebral, las costillas y la traquea». Así que empecé diciendo que la columna vertebral no mostraba desviación, que las costillas no aparentaban anormalidades y que la tráquea se encontraba en la linea media.

Cortando mi explicación, me dijo: —Muy bien.

Y dirigiéndose a Roberto le preguntó:

—¿Qué anormalidades ves en los campos pulmonares?

Roberto miró la radiografía, luego al ayudante y después a mí. Repitió ese movimiento de sus ojos por lo menos tres veces, a lo que el ayudante le espetó:

—¿Qué, ni puta idea?

Yo me alarmé, pero Roberto muy tranquilo le contestó:

—Ni puta idea.

En ese momento, el instructor nos dijo:

—Bien, pasaron los dos.

Al fín, llegó el día del examen final con el profesor Balcells y llegamos el grupo de cubanos muy nerviosos; comprobamos que el nerviosismo era contagioso, no sólo por la importancia de aprobar esta asignatura y poder tomar las clases clínicas el próximo curso, sino porque era la primera vez que nos enfrentábamos a un examen oral, ya que en Cuba todos los exámenes en el Instituto y la Universidad de La Habana eran escritos. Todos habíamos sido compañeros de curso en Cuba desde el primer año de la carrera.

Frente a la oficina del profesor Balcells en la sala del hospital, se encontraba un grupo de estudiantes que habían suspendido el examen de junio. Entre ellos había un joven que parecía mejicano por su acento, que conversaba con los otros alumnos y decía que lo habían suspendido por dos años consecutivos.

—Pero esta vez, creo que voy a aprobar, pues me han contado que Don Alfonso ha regresado de sus vacaciones en los Estados Unidos muy contento, por lo que estoy feliz.

Sin embargo, la felicidad le duró muy poco, pues se abrió la puerta de la oficina y la enfermera dijo:

—Que pase García Linares, Manuel.

No sé por qué me llamaron primero que a nadie para el examen. El cuarto era pequeño, con un escritorio detrás del cual se encontraba el señor Rector sentado en una silla, y dos sillas frente a él. Enseguida le dije:

—Señor profesor, estoy muy nervioso y nunca he realizado un examen oral.

—Ahí tiene papel y bolígrafo y si no puede hablar, escríbalo —me contestó.

Dirigiéndose a la enfermera, le dijo:

—Déme la ficha del alumno.

La enfermera le contestó:

—No tiene ficha.

—¡Cómo que no tiene ficha!

Y al interrogarme, le contesté que efectivamente no tenía ficha, es más que no sabía que era eso de la ficha. Desconocía que cada alumno tenía una ficha o tarjeta, donde se anotaban las prácticas que se hacían en la sala del hospital.

Muy molesto, el profesor me dijo que todo estudiante tiene que tener una ficha, para comprobar que había realizado sus prácticas de la asignatura.

Entonces le contesté, que aunque no tenía esa ficha, sí había realizado las prácticas correspondientes, durante el verano en la sala con el doctor Bondía.

En ese instante el profesor Balcells se molestó tanto, que dando un puñetazo en el escritorio, le gritó a la enfermera que llamara al doctor Bondía.

Ese fue otro momento de tensión para mí, ya que me dije:

—¡Ojalá que el doctor Bondía me recuerde y no se eche para atrás!

El profesor Bondía entró en el cuarto y al interrogarlo el Rector, le contestó:

—Sí, don Alfonso. Yo le dí clases prácticas en el hospital a un grupo de estudiantes cubanos, que me lo habían solicitado.

—¿Y quién le dio a usted autoridad para eso?

—Con la suya —contestó el doctor Bondía— ya que antes de marcharse para América, usted me dijo que lo podía hacer.

La respuesta del profesor Balcells fue tajante:

—!Márchese!

En ese momento, yo me levanté de la silla y dije:

—Muchas gracias, doctor Bondía.

Sin decir más, el profesor adjunto se marchó de la habitación.

Con una cara de disgusto tremenda, me dijo el Rector:

—Bien, comencemos el examen.

Al hacerme la primera pregunta, me llené de valor y seguidamente le contesté con voz fuerte y nada nerviosa. Aquí debo mencionar otra vez lo afortunado que fuimos en haber recibido la clases con Ángel Gómez, pues la primera pregunta fue la temida parálisis.

Mostrando gran confianza en mí mismo, le contesté que las parálisis podían ser nerviosas y no nerviosas y sin darle oportunidad, le empecé a discutir las parálisis no nerviosas. Me cortó tajante y me dijo:

—Hable de las nerviosas.

Le diferencié la fisiopatología de las parálisis de primera y segunda neurona.

Me interrumpió: —¿Qué sabe de las ictericias?— y al empezar a discutir la clasificación de las insuficiencias hepáticas, me mandó a dibujar y describir el electrocardiograma de la fibrilación auricular. No recuerdo las otras preguntas pero todas las contesté satisfactoriamente.

El cambio en la expresión de la cara del profesor y en su trato fue evidente. Me dijo:

—Basta. Debido a estas circunstancias irregulares, sólo lo puedo calificar de Aprobado. Pero quisiera que viniera a trabajar con nosotros en la sala.

Aunque a sabiendas que eso no podía ser, ya que mi tiempo en España estaba limitado por mis problemas económicos y mi necesidad de terminar mi carrera lo antes possible, se lo agradecí mucho y le dije que allí estaría al comenzar el nuevo curso.

El próximo estudiante llamado al examen fue Roberto, quien me dijo que nada más sentarse en la silla, al preguntarle el profesor por su ficha, le dijo:

—Mi caso es como el alumno anterior García Linares.

Roberto me contó más tarde, que mientras el catedrático gritaba ante la falta de mi ficha, lo que se oía muy claramente en el pasillo del hospital donde aguardaban el resto de los estudiantes, el estudiante mejicano decía con voz lastimosa:

—!Ya me lo cabrearon! !Ya me lo cabrearon!

No supe si lo volvieron a suspender, pero no recuerdo haberlo visto más nunca en la Facultad de Medicina. Muchas veces, si un estudiante fallaba una asignatura dos o más años, a veces se trasladaba a otra universidad por si tenía la suerte de aprobar.

Tanto Roberto como Jesús Martínez y todo el grupo de cubanos alumnos de Ángel Gómez aprobamos felizmente el examen.

XII

¿QUIÉN ES USTED Y DE DÓNDE VIENE?

La asignatura de Farmacología y Terapéutica General, junto con la de Patología General, eran importantes asignaturas básicas para tener una buena base para el estudio posterior de las asignaturas clínicas. También eran parte del grupo de materias que sin su aprobación no podríamos pasar el ecuador, el paso a los años clínicos,

Nancy Hernández y Francisco Figueredo, ambos compañeros míos desde el primer año de Medicina en Cuba, nos orientaron en esta asignatura. Nos llevaron a casa del profesor adjunto, doctor José Pedraz de Cabo, para unirnos a un grupo de estudiantes que habían suspendido el examen ordinario de junio y a los cuales les daba clases particulares. Como ya hacía unas semanas que sus clases habían comenzado, Nancy me prestó sus apuntes para copiar la lecciones ya dictadas (Marta se ocupo de hacerlo, lo cual me evitó perder ese tiempo).

El profesor Pedraz nos recibía en la sala de su casa y nos dictaba los temas del programa de la asignatura, que constaba de cincuenta y nueve lecciones. Los apuntes de las clases eran unos resúmenes compactos, por lo que había que memorizarlo todo. El adjunto era un hombre muy serio y de pocas palabras. Tenía un fuerte acento castellano y debido a eso, sucedió algo simpático como veremos a continuación. La diferencia mayor a mi entender en el acento de los españoles con respecto a los cubanos, es el pronunciar como zeta a la ce, los cubanos en cambio pronunciamos la ce y la zeta igual que la ese. Sin embargo, tuve una sorpresa lingüística en Salamanca, y sucedió en una de las clases con el profesor Pedraz. Recuerdo que cuando discutimos el tema de los antihistamínicos, el decía Arfonaz y nosotros escribíamos la palabra terminada en zeta. Mas en una ocasión nos informó quer no habría clases al día siguiente, pues tenía que marcharse a *Madriz*. En ese momento le pregunté:

—¿A donde va señor Profesor?

Me contestó:

—!A *Madriz*!.

Al terminar la clase le dije a mis compañeros:

—¡Todas las medicaciones que terminen en zeta a cambiarlas por de, porque nos suspenden la asignatura!

También fuimos a ver al bedel de la asignatura, pues nos dijeron que con una propina, nos inscribía en las listas de la cátedra, por lo que pensamos que en ese aspecto todo estaba resuelto. Como veremos más adelante, no sabíamos lo equivocado que estábamos.

Rafael Rodríguez y yo estudiamos juntos la asignatura y la noche antes del examen comenzamos a revisar todos los temas. Pero, a eso de las tres de la madrugada, estábamos completamente agotados. Rafael y su esposa Miriam vivían en nuestro edificio, en el octavo piso frente a Buzzi. Por lo que le dije:

—Rafael vete a descansar un par de horas y yo te llamo para que regreses y seguimos estudiando hasta que nos marchemos para la facultad. El examen estaba señalado para las diez de la mañana. Marta se encontraba dormida y al despertarla le dije:

—Chichonga, déjame descansar dos horas y me llamas después. No te vayas a quedar dormida por favor —Con mi cansancio, no confiaba en el reloj despertador.

En realidad, no descansé nada, me sentía en un estado ni dormido ni despierto. Me pareció que nada más me había acostado, ya Marta me estaba despertando.

Contacté a Rafael en su piso y vino para el nuestro. En cuanto empezamos a repasar me vino a la mente la idea de estudiar especialmente el tema de las sulfas. Rafael me comentó:

—No creo que debemos perder el tiempo en esa lección. Ayer fue el examen de los alumnos oficiales y la primera pregunta fue la penicilina, que es el tema que le sigue a las sulfas en el programa.

Sin embargo, Rafael estaba tan cansado, que no se resistió a mi decisión de estudiar cuidadosamente las sulfas. En la pared de mi cuarto de estudio, tenía una pizarra en la que dibujamos las fórmulas químicas de las sulfas, partiendo del benceno, y los distintos derivados, como la sulfadiazina, etc. Memorizamos su mecanismo de acción y las indicaciones terapéuticas. Revisamos por arriba los otros temas y llegó la hora de marchar para el examen.

El examen fue tan dramático para mí como el de Patología General. Éramos alrededor de veinte estudiantes y al entrar al aula de la facultad, nos sentaron bien separados unos de otros, Aparte del catedrático, el doctor José María Bayo Bayo, se encontraban allí el profesor adjunto doctor Pedraz que nos había dado las clases privadas, y varios ayudantes de cátedra. A Rafael le tocó sentarse a mi izquierda.

Antes de comenzar el examen, el catedrático revisó la lista de los estudiantes y notó que varios nombres se habían añadido después de los exámenes de junio., lo cual aparentemente le molestó mucho, y con la lista en la mano, preguntó:

—¿Quién es García Linares, Manuel?

Levantándome de mi asiento, contesté:

—Soy yo, Señor Profesor.

—¿Quién es usted y de dónde viene?.

Le dije que era cubano y que había estudiado en la Universidad de La Habana.

Comenzó a comentar la lista en voz baja con el adjunto, el cual no movía sus labios. Y volviendo a la lista llamó:

—¿Quién es García Linares?

Me levanté de nuevo y me preguntó, cómo yo sé que usted tiene aprobada la asignatura de Fisiología (la cual es la asignatura precedente de Farmacología).

Le contesté que yo había aprobado la Fisiología en la Universidad de La Habana.

—Y cómo sé yo que eso era verdad —me dijo.

—Señor Profesor, aunque los originales de mis notas de Cuba estan en el Ministerio de Educación en Madrid para su convalidación, si usted quiere yo puedo ir a buscar la copia fotostática del documento, que prueba mi aprobación de esa asignatura.

Mi respuesta lo enfureció.

—¡Y usted cree que yo voy a esperar aquí a que usted vaya a su casa a buscar ese documento!

Yo seguía de pie, no sabía que más hacer o decir.

Durante ese incidente, Figueredo, que estaba sentado detrás de mí, decía:

—¡Es un comunista!

Yo me alarmé que el catedrático lo oyera, mas éste, rápidamente se marchó del aula. Me dijeron después que fue a llamar al Rectorado donde fue informado que, por orden del Ministerio de Educación, a los cubanos se les debía dar el derecho a examinar las asignaturas. Él podía suspenderlos, pero tenía que examinarlos. Posiblemente esto fue verdad, pues el profesor Bayo Bayo regresó al aula bien enfurecido y hecho una fiera.

Tomando el programa de la asignatura en sus manos, lo hojeó, y anunció:

—Tienen veinte minutos para contestar cada pregunta.

Me pareció que sonreía, cuando dijo:

—Formulas químicas, mecanismo de acción e indicaciones terapéuticas de las sulfas.

Yo dirigí la vista hacia Rafael Rodríguez y nos sonreímos. Entonces comencé a escribir rápidamente, llenando folio tras folio. De las otras dos preguntas, solo recuerdo una sobre el tratamiento de la hipertensión.

Cuando transcurrieron los últimos veinte minutos y se oyó la orden de ¡Lápiz arriba!, se empezaron a recoger los folios. Yo me dirigí directamente al catedrático y entregándole personalmente mi trabajo, le dije:

—Muchas gracias, Señor Profesor.

Al darle los folios, vio como se destacaban las formulas químicas dibujadas por mí, y miró muy serio al adjunto. Las papeletas con el Aprobado, llegaron pocos días después.

XIII

TORRES VILLARROEL

*«Salamanca que enchiza la voluntad de vol-
ver a ella a todos los que de la apacibilidad
de su vivienda han gustado»*
del Licenciado Vidriera[9]

Nuestro apartamento se encontraba en el sexto piso (letra A) en un edificio situado en el Paseo del Doctor Torres Villa-rroel Nº 19, al que le llamaban la OEA (Organización de Estados Americanos), por la gran cantidad de latinoamericanos que vivían en el mismo.

El apartamento se conformaba de sala-comedor, cocina, baño, y tres cuartos. Para la sala-comedor compramos una mesa y cuatro sillas, lo más barato que conseguimos y fabricadas de ratán. El primer cuarto lo utilicé para estudiar, y compré una pizarra la cual clavé a la pared. El segundo cuarto era nuestro dormitorio, para el que habíamos comprado una cama pequeña. El cuarto más grande, al final del pasillo, nos sirvió de almacén para guardar nuestras maletas y un inmenso baúl, que nos habían enviado por barco desde Miami, con cosas para la cocina, sábanas, frazadas, toallas, etc. y que fuimos a buscar a Vigo en agosto antes de los exámenes de las asignaturas de los años por debajo del ecuador, y que fue nuestra primera salida de Salamanca.

Varios cubanos vivíamos en el edificio. En el quinto piso residía Jesús Martínez, con su esposa Carmen, su hijo de unos dos

---

[9] Cervantes Saavedra, Miguel: *El licenciado Vidriera*, una de las *Novelas Ejemplares*.

años, y su cuñada Conchita García Llansó, la cual se graduó de Filosofía y Letras en la Universidad de Salamanca y que más tarde contrajo matrimonio con nuestro compañero y amigo Manuel Alzugaray. Nosotros en el sexto. En el séptimo piso vivía Johnny Alemán con su esposa Alina y su hijito, y en el octavo, Buzzi con su esposa Irene y su hijo Julito, en el apartamento A, y Rafael Rodríguez y su esposa Miriam, en el apartamento C.

El portero del edificio se llamaba Julián, quien vivía en la planta baja con su familia y que era muy buena gente. El edificio constaba de un ascensor que tenía una característica típica de esa época, ya que para subir o regresar a los bajos al ser tocado el botón del piso correspondiente, tenía que cerrarse la puerta exterior, si no el ascensor no se movía. Había gente que cuando subían dejaban la puerta abierta, no sé si por maldad. Entonces el que quería utilizar el ascensor o el portero se ponían a dar gritos: ¡ASCENSOR!, y si nadie cerraba la puerta, el pobre Julián tenía que subir las escaleras para cerrarla.

Cuando llegó el invierno y se necesitaba la calefacción, el calor sólo llegaba hasta el sexto o el séptimo piso. En el apartamento de Buzzi, en el octavo piso, se congelaba cualquiera. No olvido a Buzzi sentado estudiando, con un abrigo y hasta con una bufanda en el cuello.

Esto provocaba las protestas sobre todo de Irene, la esposa de Buzzi; ella se quejaba y discutía con Julián a menudo. Algo simpático sucedió un día en que yo llegaba de la universidad. Julián me llamó para preguntarme si era verdad que en América habían edificios de más de cien pisos, como le había dicho Irene. A pesar de que se lo corroboré, Julián me contestó que eso era imposible, pues un edificio no puede tener más que veinte pisos. Sin embargo, Irene me contó que cuando el administrador del edificio, ordenó que no se podía utilizar el ascensor para botar la basura, ella le dijo a Julián, que como estaba embarazada se negaba a bajar por la escalera desde el octavo piso. El bueno de Julián bajaba diariamente la basura de los Buzzi.

En 1978 visitamos a España por primera vez, desde nuestra graduación de la Universidad. Fui a nuestro antiguo edificio con Marta y nuestros dos hijos. Julián seguía viviendo con su familia en los bajos, pero ya se encontraba jubilado. Fueron muy amables, nos brindaron unas galletas y un vino dulce. Al despedirnos, aceptaron con reticencia un regalo de dinero.

Edificio de la calle Torres Villarroel # 19 en Salamanca, donde alquilamos un apartamento.

Conchita García-Llansó; Johnny y Alina Alemán y su hijito; Rafael y Miriam Rodríguez; Manuel y Marta García-Linares; Julio, Irene y Julito Buzzi; Jesús, Carmen y Chuchi Martínez.

El podernos mudar de la pensión para nuestro apartamento fue una bendición para mí, ya que tenía la privacidad para estudiar, así como disfrutar de la comida preparada por Marta. Pero la mudada fue más importante para Marta por muchas razones: tenía su apartamento que cuidar, iba al mercado con las otras esposas de mis compañeros de estudio que vivían en el edificio, y en las noches, después de cenar, se reunía con las esposas de Buzzi, Alemán, Rodríguez y Martínez, casi siempre en el apartamento de este último y se entretenía conversando con ellas, mientras yo estudiaba.

Marta tenía que ir al Mercado casi diariamente ya que no teníamos refrigerador, aunque en el invierno, si ponías algún alimento en la ventana de la cocina durante la noche, aparecía congelado en la mañana.

Marta consiguió a una señora salmantina que venía tres veces a la semana, recuerdo que cobraba trescientas pesetas (cinco dólares) semanales y nunca aceptó más dinero. Un día limpiaba el piso a mano con un gran cepillo, otro día lavaba la ropa y el otro la planchaba. Un día en que yo estaba en la casa estudiando, al verla tirada en el piso jadeando, me parecía que se moría en cualquier momento. Le dije a Marta que le comprara un mapo o un palo de trapear, pero ella le contestó que su abuela y su madre limpiaban el piso de esa manera y que ella lo seguiría haciendo así.

Era una señora muy buena y muy honrada. Un día en que ya se marchaba la señora al terminar su faena, le dije a Marta que me tenía que ir para la Facultad de Medicina, pero que no encontraba el bolígrafo. Al salir de mi cuarto de estudio, la veo de pie en la puerta callada, y al preguntarle que le pasaba, me contestó que tenía que esperar a que apareciera el bolígrafo antes de marcharse. Se fue casi a la fuerza.

Por una pocas pesetas nos llevaban dos flautas de pan a nuestro apartamento y frente al edificio se encontraba un negocio de venta de vino. Marta me había lavado una botella de a litro y por el equivalente de diez centavos de dólar, me lo llenaban unas veces de tinto y otras de clarete, por lo que comía y cenaba casi todos los días con vino. En esa época, el cambio de peseta a dólar era de sesenta a uno.

Manuel y Marta García-Linares con Rafael y Miriam
Rodríguez en el balcón del apartamento de Salamanca.

Durante el año académico 1964-1965 nuestra vida en Salamanca corría con una rutina. Clases en la Facultad en la mañana, al mediodía clases con el doctor Ángel Gómez en su casa,o asistir a alguna práctica de Quirurgica I y III o de Medicina Legal, y algunas tardes en casa del doctor Rubio, quien nos dictaba los apuntes de Otorrino. Después de cenar, estudiar en la noche por lo menos hasta las dos de la madrugada.

Los domingos en la mañana ibamos a misa, casi siempre en la iglesis redonda San Marcos, y de allí, junto con nuestros vecinos Rafael y Miriam Rodríguez, una pareja que no tenía hijos como nosotros y con los cuales simpatizamos mucho desde que llegamos a Salamanca, nos ibamos a la cafetería del cine Salamanca, donde nos encantaban sus tapas, especialmente la ensaladilla rusa, las gambas al ajillo y los calamares fritos a la romana. Estos dos últimos platillos son desde entonces favoritos para mi esposa y para mí. Después al regresar a nuestras casas, mientras Marta y Miriam preparaban la comida del día, Rafael y yo nos quedábamos jugando a las maquinitas en el bar cerca del edificio y tomábamos un vermouth. El resto del domingo continuaba estudiando, pero en la noche nos acostábamos temprano.

Se notaba la tremenda vida que tenía esta ciudad de estudiantes y curas. Desde nuestro balcón en el sexto piso, veíamos pasar durante todo el día, a curas y seminaristas de todas las ordenes religiosas, con sus diferentes hábitos multicolores.

Se le llamaba a la ciudad de Salamanca, Roma la Chica, ya que «asiéntase sobre tres cabezos (cerros o lomas) al modo como Roma lo hace sobre sus siete colinas. El mayor parecido de nuestra Roma la chica con la cesárea y papal, dáselo sin duda su proliferación monumental, por entre la que pulula una tan abundosa como variopinta muchedumbre eclesiástica, o de traje talar aunque no lo fuera, que hormiguea por rúas y plazas, luciendo hábitos y tocados de infinita diversidad»[10].

---

[10] Cortés Vázquez, Luis: *La vida estudiantil en la Salamanca Clásica*, Salamanca, Ediciones Universidad de Salamanca, 1996.

El autor, Manuel García-Linares con su esposa Marta
en el apartamento de Salamanca.

En las tardes, familias enteras, con niños en coche, caminaban hacia la Plaza Mayor, la más linda de España y de estilo barroco, y que ya desde su construcción en el siglo XVIII se convirtió en auténtico corazón de la ciudad.

En las mañanas de invierno, camino de la Facultad, me encontraba señoras vendiendo castañas asadas. Por unas pocas pesetas, metían algunas en un cartuchito, y me las comía andando. Recuerdo que me sabían a boniato mulato cubano.

En la Plaza Mayor de Salamanca, la más linda de
España, Manuel y Marta García-Linares, Miriam
y Rafael Rodríguez, Carmen y Jesús Martínez.

En la Plaza Mayor de Salamanca:
Manuel y Marta García-Linares con Ramiro Iglesias
Rafael Arango y otros compañeros.

Manuel García-Linares y Rolando Branly frente a la
Facultad de Medicina de la Universidad de Salamanca.

XIV

UNIVERSIDAD

"Quad natura non dat Salmantica non praestat"[11]

La Universidad de Salamanca, la tercera en aparecer en el mundo civilizado, después de Boloña y París, fue fundada en 1218 por el Rey Alfonso IX. De gran prestigio y fama internacional por más de siete siglos, creo que es un orgullo poder decir que uno estudió y se graduó en ese centro de estudios.

Entre sus más egregios y famosos maestros se encuentran Nebrija, Fray Luis de León y Fray Francisco de Vitoria.

«El andaluz Antonio Martínez de Jarava, comúnmente nombrado Elio Antonio de Nebrija publicó en 1492 su Gramática castellana; la que sería la primera gramática de una lengua vulgar o romance, y en la que se halla el párrafo famosísimo que siempre la lengua fue compañera del Imperio».

«El agustino Fray Luis de León, que se nos ha quedado en bronce mirando la fachada de la casa en la que profesara sabiamente, como representante y símbolo de tanta eminencia que allí lo hiciera. Fray Luis al reiniciar su exposición de cátedra, tras los cinco años pasado en la

---

[11]   «Lo que no da la naturaleza no se consigue en Salamanca» (traducción libre del Latín al Español). Castanares y Quirós, *Diccionario de citas. Adagios escolásticos,* Madrid, Editorial Noesis.

cárcel inquisitorial de Valencia, comenzó con su admirable:
'¡Como decíamos ayer!'; cual si nada hubiera pasado»[12].

Manuel García-Linares frente a la estatua de
Fray Luis de León en Salamanca.

---

[12] Cortés Vázquez, Luis: *La vida estudiantil en la Salamanca clásica*, Salamanca, Ediciones Universidad de Salamanca, 1996. Páginas 67-88.

«El dominico Fray Francisco de Vitoria, maestro desde 1526 hasta su muerte en 1546, y defensor de los indios ante la corona, fue el creador del Derecho Internacional»[13].

Yo había interrumpido la carrera de Medicina en la Universidad de La Habana en 1960, al exilarme en los Estados Unidos. Cuando pude retomar mis estudios de medicina en la Universidad de Salamanca, finalizando el curso 1963-1964, la universidad contaba solamente con la facultades de Ciencias (Químicas), Derecho, Medicina, y Filosofía y Letras (Filología clásica, románica y moderna)[14]. Al visitar la universidad en mi último viaje a España, las facultades habían aumentado a más de quince, añadiendo a las originales, las facultades de Biología, Economía, Farmacia, Ciencias Sociales, Psicología, Educación, etc.

Cuando yo llegué a España, varios compañeros de mi clase de Cuba habían terminado sus estudios: Marcos Barrocas, Jaime Edelstein, Remigio Flor y Joaquín Vega en Madrid; Haydee Feito, Virginia García, Iván Barrios, René Rodríguez, Agustín Torre y Guillermo Tremols en Salamanca.

En mi época en Salamanca: Roberto Cuesta, Julio Buzzi, Claudio Díaz, Javier Rodríguez, Juan Luis Naya, Nancy Hernández y su esposo Francisco Figueredo, Jesús Martínez, Ramón Carrillo, Anastasio Castiello, Federico Duménigo, Víctor Ferrán y su esposa Delsa, Francisco Suárez Mederos, Osvaldo Padrón y su esposa Silvia y Ramiro Marrero.

En Madrid: Gastón de Cárdenas, José Landa, Publio Bosch y su esposa Estela.

Compañeros de otros cursos de la Universidad de La Habana: Rafael Arango, Ramiro Iglesias, Rafael Rodríguez, Humberto G. Machado, Rolando Branly, Pedro G. Portal, Manuel Torres, Pedro

---

[13] *Idem*. pags.74-75.

[14] Hernández Martín, Santiago: *Temas Españoles*, Nº 346, Madrid, Publicaciones Españolas, 1957. Página 16.

Sarduy, Rafael Sánchez, Nancy Alfonso, Max Sklaver, Pedro Aguas, Luis Serentil, Rubén Urrutia y Eugenio Fortún; así como Silvio Díaz y José Porfirio Ferrer. En Santiago de Compostela: Luis Flórez y Constantino Peña. En Granada: Rolando Gómez.

XV

¡CATEDRÁTICO LA HORA!

Como mencioné en capítulos anteriores, en la Facultad de Medicina de la Universidad de Salamanca se podía optar por la enseñanza oficial o la libre. Los alumnos oficiales matriculaban el año que les correspondía y los alumnos libres podían matricular los años que ellos querían, ya que cada cátedra era completamente independiente. Así que en Octubre de 1964,ya aprobadas todas las asignaturas por debajo del ecuador, matriculé por la enseñanza libre los tres últimos años de la carrera; y seguir con el sistema de estudiar sin descanso, para lograr terminar mis estudios lo más rápido posible. Se notaba cierta intranquilidad política y tenía miedo que volviera a pasar los mismo de Cuba y se cerrara la Universidad.

El plan de estudios de la carrera de Medicina consistía de seis años. Los tres primeros, llamados pre-clínicos, eran dedicados a las ciencias básicas (Anatomía, Bioquímica, Fisiología, Microbiología, Psicología, Anatomía Patológica, Patología General, Farmacología y Terapéutica Física). Los siguientes tres años se dedicaban a las asignaturas clínicas como la Medicina Interna, la Cirugía, Partos y Ginecología, Psiquiatría, Dermatología, etc.

Cuando se aprobaban todas las asignaturas pre-clínicas se decía que se había cruzado el ecuador. Su gran importancia radicaba en que no se podía aprobar ninguna asignatura de los años clínicos si no tenías aprobadas todas las asignaturas por debajo del ecuador, es decir, las asignaturas de los primeros tres años de la carrera.

El relato de mis aventuras durante mis estudios en España no puede ser considerado una crítica científica de la enseñanza en la Facultad de Medicina de la Universidad de Salamanca. En primer lugar, no asistí a los tres cursos de enseñanza preclínica o de ciencias básicas; mi única experiencia fue tomar unas clases privadas de Anatomía, Farmacología y Patología General, hacer unas prácticas de Propedéutica Clínica en el Hospital Clínico y realizar los exámenes extraordinarios de septiembre de 1964, de las asignaturas que había estudiado en Cuba y que no pude examinar al tener que abandonar mi patria y que me quedaban por aprobar por debajo del ecuador.

En segundo lugar, en cuanto a los tres años clínicos, si un estudiante aparte de asistir a las conferencias magistrales y a las clases prácticas que se ofrecían, lograba ser admitido como alumno interno de alguna cátedra, podía obtener una experiencia clínica excelente.

En tercer lugar, el hecho de existir la enseñanza libre, nos facilitó a los estudiantes cubanos cuyas carreras habían sido tronchadas por la llegada del castrocomunismo a nuestra patria, el poder adelantar individualmente nuestros estudios y llegar a graduarnos en el menor tiempo posible. Nuestras circunstancias familiares y económicas nos impidieron cursar la carrera de medicina de una forma ordenada, y tuvimos que esperar a llegar a los hospitales y universidades de los Estados Unidos para completar nuestro entrenamiento clínico.

Años más tarde al visitar la Facultad de Medicina en uno de mis viajes a España, como era de esperar se notaba el progreso, no sólo de las estructuras hospitalarias, sino los modernos planes de estudio que tuve el gusto de revisar. Por supuesto, no existía la matrícula libre y el estudiante tenía que estudiar año por año. Las asignaturas tenían correlaciones clínicas entre ellas, así como más enseñanza práctica. Esto ha elevado la calidad de la enseñanza, mas si nuestra llegada a España, hubiera sido en estos tiempos, no creo que nosotros, el grupo aquel de estudiantes cubanos que vieron sus estudios interrumpidos al tener que tomar el camino del exilio, hubiéramos podido terminar nuestras carreras por la falta de recursos económicos y la imposibilidad de permanecer varios años en España.

Durante mis tiempos, la enseñanza de los años clínicos (cuarto, quinto y sexto) consistían, en la mayoría de las asignaturas, solamente de clases teóricas (conferencias magistrales). Estas clases se desarrollaban en diferentes aulas dentro del Hospital Clínico, desde las nueve de la mañana a las dos de la tarde; con una duración de alrededor de cincuenta minutos cada una y dando tiempo para que los estudiantes se trasladaran a las correspondientes aulas de cada asignatura. No había timbre o campana que alertara a los profesores sobre el final de la clase, sino que de repente se abría la puerta del aula con gran estrépito y un bedel gritaba con fuerza: ¡Catedrático la hora! Me contaron que era una costumbre desde los comienzos de la universidad.

Como había matriculado juntos los tres últimos años de la carrera, en cada período se ofrecían varias asignaturas. Por ejemplo, los lunes, miércoles y viernes de doce a una de la tarde, tenía Patología Quirúrgica primer curso, Obstetricia y Ginecología segundo curso, y Dermatología; los jueves de nueve a diez de la mañana, Patología Médica primer curso, Higiene y Psiquiatría. Por tanto solamente podía asistir a una de las asignaturas en cada período.

Era muy interesante ver como los profesores desarrollaban el programa de la asignatura con sus conferencias magistrales, dictando las lecciones de memoria sin ayuda de medios audio-visuales. El sistema era que los alumnos tomaran notas de las clases, llamadas apuntes, y ellas constituían el material para estudiar: Un libro de texto basado en los apuntes recogidos en las lecciones de Cátedra personalmente por el alumno.

Los profesores se distinguían por lo claro y pedagógico de sus enseñanzas, además de completas. Muchas veces concatenaba los apuntes tomados en las clases, con capítulos de los textos o libros de referencia, y el profesor no solo había actualizado la materia sino que había ofrecido mucha más información, datos que yo copiaba en las márgenes del libro.

Manuel García-Linares y Rolando Branly frente al
Hospital Clínico de Salamanca.

Lo que estaba limitado era la parte práctica, ya que sólo las cátedras de Patología y Clínica Quirúrgica (del Profesor Moraza) y de Medicina Legal exigían unas prácticas en el hospital. El resto de las asignaturas era, como mencioné anteriormente, sólo enseñanza teórica. Mas si el estudiante quería trabajar en las salas de hospital, para poder practicar con los enfermos, tenía que lograr ser admitido como interno en las distintas cátedras y de esa forma obtener la experiencia hospitalaria necesaria. No sé cuantos estudiantes oficiales lograban ser internos, si era difícil obtener esas posiciones o si había interés por los mismos, ya que no había obligación por la universidad.

Me quedé asombrado en una clase de Patología y Clínica Quirúrgica del último año de la carrera, cuando un profesor adjunto preguntó cuantos alumnos presentes habían visto un parto o administrado una inyección intramuscular o endovenosa, y muy pocos levantaron el brazo.

Sin embargo, debo destacar que todos los que estudiaron Medicina en España, no tuvieron ninguna dificultad en aprobar los difíciles exámenes de reválida de los Estados Unidos, completar los estudios de distintas especialidades médicas y ejercer la profesión con éxito en América.

Como relaté en un capítulo anterior, yo trabajé intensamente desde el 1955 hasta finales de 1960 en Cuba; en servicios de cirugía, ayudando en operaciones, y en la salas y consulta externa de medicina interna . Por lo que la falta de enseñanza práctica en Salamanca no fue un detrimento para mi futuro entrenamiento en los hospitales de Estados Unidos, y además fue un factor importante para poder completar los estudios y aprobar la mayor cantidad posible de asignaturas como veremos mas adelante.

Durante el año académico 1964-1965, se ofrecieron en la Facultad de Medicina, dos cursos especiales. El primero, Cursillo de Medicina de Urgencia, fue organizado por la Promoción Médica 1965 y se celebró del dieciséis de noviembre al cuatro de diciembre, siendo el costo de la matrícula de doscientas pesetas (no llegaba a cuatro dólares). Se presentó una lección diaria por los profesores de las distintas cátedras de la Facultad de Medicina, a las cinco de la tarde, en el Hospital Clínico, excepto los sábados.

En el mes de febrero, la segunda cátedra de Patología y Clínica Médica ofreció el cuarto curso de Avances y Normas Prácticas en el Tratamiento de las Enfermedades Cardiovasculares, dirigido por el profesor encargado doctor Aguilar Rodríguez, y dictado por el personal docente de la cátedra. Como el cursillo anterior, se presentó una lección diaria, a las cinco de la tarde en el Hospital Clínico, con el mismo costo de la matrícula, y se entregó un diploma de asistencia al final del mismo.

XVI

INTERNO DE TIZA

En la Facultad de Medicina de la Universidad de Salamanca, existían dos cátedras de Patología y Clínica Quirúrgica, las que se rotaban la enseñanza de la Cirugía en los años clínicos de la carrera de medicina. La primera estaba bajo el mando del catedrático doctor Miguel Moraza Ortega y la segunda por el catedrático doctor Fernando Cuadrado Cabezón. Con este sistema, los alumnos oficiales recibían las clases de Cirugía con el mismo profesor; así quien había tomado las clases con el profesor Moraza en el cuarto año de la carrera, lo haría también en el quinto y en el sexto. Por mi carácter de alumno libre, tuve la oportunidad de aprender y de sufrir con ambos catedráticos.

Quirúrgica I

Durante el curso 1964-1965 el profesor Moraza era responsable de la asignatura de Cirugía en el cuarto y el sexto año. El horario era de doce a una de la tarde, correspondiéndole los lunes, miércoles y viernes a la Patología y Clínica Quirúrgica primer curso, y los martes, jueves, y sábados a la Patología y Clínica Quirúrgica tercer curso. Durante el año académico asistía a la mayoría de las clases de Quirúrgica III, ya que el libro de Oftalmología era muy didáctico y suficiente para aprobar la asignatura. Pero tenía que variar la asistencia a la Quirúrgica I, y tratar de asistir a algunas clases de Dermatología y de Obstetricia y Ginecología segundo curso que se impartían a la misma hora.

La mayoría de las clases de esta cátedra eran dadas por el profesor Moraza, sólo unas pocas por sus adjuntos, los doctores Joaquín Montero Gómez y Ernesto Moro Campal.

El profesor Moraza me simpatizaba más que la mayoría de los otros catedráticos, a pesar de que tanto la asignatura como el profesor le causaban mucho miedo a todos los estudiantes. Era un personaje pintoresco, continuamente mencionaba a su maestro Müller en Alemania, y del que seguía la costumbre de dar sus clases con guantes quirúrgicos en sus manos. Al igual que en todas las cátedras, en la de Moraza había estudiantes llamados internos, que ayudaban en las aulas, la consulta externa, las salas del hospital, quirófano, etc. Un estudiante tenía el cómico nombre de interno de tiza, cuya responsabilidad era que no le faltaran al profesor Moraza las tizas para escribir en los grandes pizarrones.

Era notorio la habilidad quirúrgica del profesor Moraza, y a diferencia de los Estados Unidos, caracterizado por la gran especialización de sus médicos, el profesor era un verdadero cirujano general, que dominaba las técnicas operatorias de su época. Recuerdo que una mañana realizó una gastrectomía total, una prostatectomía y operó una fractura de cadera, y me contaron que había realizado craniotomías, toracotomías y operaciones de la columna vertebral; procedimientos que sólo pueden hacer especialistas en ortopedia, urología, cirujanos torácicos y neurocirujanos. Según el doctor Ángel Gómez, nuestro maestro privado de Medicina Interna, el profesor Moraza era un genio operatorio.

Moraza demostraba en sus clases ser una persona muy sarcástica. Durante una de sus lecciones, preguntó si alguno de los estudiantes allí presentes había observado desde el anfiteatro del quirófano alguna de las operaciones que había realizado esa mañana. Al no levantar nadie la mano, nos dijo con una cara de repugnancia:

—¡Qué poco quirúrgicos sois!

En las clases del sexto año, no dejaba de amenazarnos que muchos iban a llorar cuando suspendieran los exámenes.

—¡Y no me vengan a suplicar que han conseguido un puesto de médico en un pueblo o una plaza en el extranjero!

En algunas de sus clases, mandaba a buscar enfermos hospitalizados y aprovechaba para pasar lista y ver quienes estaban presentes, llamando a algunos estudiantes e interrogándolos sobre la patología que mostraban los pacientes. En una oportunidad, el profesor Moraza decidió llamar a estudiantes de la lista de alumnos libres. Comenzó con la letra A y al llegar a la B contestó nuestro compañero Julio Buzzi, y luego nadie más estaba presente hasta llegar a la G, en que llamó mi nombre. El profesor mostró una gran indignación al ver que desde la A hasta la G, solamente dos alumnos estuvieran presentes.

—¡Es increíble que los alumnos libres no asistan a clase! —gritó.

La paciente era una señora que mostraba una mama hinchada y roja. El profesor Moraza le preguntó a Buzzi cual era el diagnóstico y Buzzi contestó que probablemente la señora sufría de una mastitis infecciosa. Entonces se dirigió a mí y me preguntó si era un flemón o un absceso. Le contesté que si en la exploración clínica se notaba que la masa fluctuaba, era un absceso. El profesor Moraza nos dijo: Excelente, y me pareció que nos miraba detenidamente.

No estoy seguro si anotó algo al respecto en la lista de estudiantes, pero en ese momento, pensé que esta experiencia quizás nos ayudaría en los exámenes orales finales, y creo que acerté, porque como veremos más adelante, durante el examen de Quirúrgica I, me dio la impresión de que Moraza se había acordado de mí. También noté que los flemones y abscesos eran uno de sus temas favoritos de la asignatura, observación que me sirvió tremendamente durante el examen oral de la misma.

El profesor Moraza había escrito un Manual de Patología y Terapéutica Quirúrgicas, de cuatro tomos, como libro de texto para los tres cursos de Patología y Clínica Quirúrgica. El primer tomo, desarrollaba los temas del primer curso, dedicada a la Cirugía General.

A diferencia de la Patología Médica, que estudia las enfermedades por aparatos y sistemas, además de las enfermedades infecciosas, en Cirugía se describen los grupos siguientes: traumatismos, infecciones, tumores, malformaciones congénitas, distrofias y alteraciones anatómico-funcionales.

Al igual que sus clases teóricas, verdaderas lecciones magistrales, su libro exponía los conocimientos con orden y claridad, «para que puedan ser asimilados en pocas lecturas, sin llegar a despertar en el estudiante la antipatía que trae consigo lo difícil»[15].

El profesor Moraza tenía la esperanza de que su libro llegara a «formar parte del ser de los estudiantes, formando la base sobre la cual añada información más actualizada, que constituye nuestra patente para vivir, el saber que nos consentirá subsistir en la lucha por la existencia»[16].

Los apuntes que tomé en su clase y que copiaba en las márgenes de las páginas, servían para aclarar los conceptos difíciles. Los capítulos estaban ilustrados con esquemas, fotografías e imágenes radiológicas; estas últimas tenían el problema de lucir como negativos de las placas radiográficas. También, aunque se mencionaban signos clínicos o tratamientos de distintos autores, no había referencias de los mismos al final del capítulo.

Durante el curso académico, la cátedra de Moraza exigía la asistencia a unas prácticas en el hospital y reportarlas en unas libretas llamadas Cuadernos de Prácticas, que luego eran revisadas por los ayudantes de cátedra. Las de Quirúrgica I las realicé en el grupo cuatro (Dr. Martin) y consistieron en ocho lecciones: cuidado pre y postoperatorio, exploración general de los traumatizados, asepsia y antisepsia, anestesia general, local y regional, diéresis y síntesis, hemostasia quirúrgica, técnica de las inyecciones y los vendajes de yeso. En cuanto a Quirurgica III, pertenecí al grupo tres, cuyo instructor era el Dr. Atilano. Se realizaron seis prácticas: exploración de la rodilla, terapéutica quirúrgica de una hernia inguinal irreducible, gastrectomía, herida por arma de fuego, ictericia postoperatoria e injerto sobre pérdida de sustancia,

El examen final de Quirúrgica I (oral) fue el cuatro de junio y el examen escrito tres días después. Sin embargo, no estoy seguro

---

[15]   Moraza Ortega, Miguel: *Manual de Patología y Terapéutica Quirúrgicas*. Tomo I: *Cirugía General*. Salamanca, 2ª ed., 1961.

[16]   *Idem.*

que el examen escrito valía para la nota final, pues creo recordar que las papeletas con las calificaciones se distribuyeron al final del examen oral.

En el tribunal examinador se encontraban el profesor Moraza y dos ayudantes. Los examinados eran llamados por orden alfabético, no sé si eran alumnos oficiales o libres, y se sentaban en una silla frente al tribunal. Aunque la mayoría de los alumnos libres eran extranjeros, los dos o tres alumnos llamados antes que a mí, eran españoles. Era evidente que estos no habían estudiado nada, pero se presentaban al examen de todas maneras. Fueron despachados rápidamente en la segunda pregunta que no contestaron.

Al ser llamado al tribunal, en el momento de sentarme, saludé al profesor Moraza:

—Buenas, señor profesor.

Eso no era costumbre en la universidad y me hice la idea de que me había reconocido y de una forma positiva.

En un bombo se encontraban todas los temas del programa de la asignatura. La primera pregunta, para suerte mía, fue flemones y abscesos. Enseguida fui al grano, después de describirlos, enfaticé que lo más importante era que los abscesos fluctuaban y que los flemones no. El profesor Moraza se sonrió y me mandó a sacar la segunda pregunta. Esta pregunta era un poco extraña, se trataba del estrés. Tartamudeé algo al empezar mi contestación, pero el profesor me interrumpió con una pregunta:

—¿Qué le está pasando a usted en este momento?

—Estoy pasando por un *estrés* —le contesté.

—Describa lo que usted siente.

Así que tomándome el pulso, le dije que el mismo estaba rápido, y que también estaba sudoroso.

—¿Por qué? —me preguntó.

Y al contestarle que era debido a una descarga de adrenalina, me mandó a sacar la tercera pregunta: Aspectos quirúrgicos del raquitismo.

Recordé que en su libro de texto, el profesor Moraza llamaba al raquitismo la Enfermedad Inglesa. Con mucha seguridad, empecé mi contestación: «El raquitismo es una osteopatía calcipriva debida a la falta de vitamina D y que los grandes autores llamaban la Enfermedad Inglesa».

En ese instante, Moraza me dijo que podía retirarme. Al levantarme, le dí las gracias. No me sorprendí cuando el bedel me dio la papeleta con la calificación de Notable.

Quirúrgicas II y III

Desde el principio del curso había decidido que me era imposible examinar estas dos asignaturas en la convocatoria de junio, por lo que decidí estudiarlas en el verano y presentarme a sus exámenes en septiembre.

XVII

¿QUIERE NOTA?

Al igual que la Cirugía, la enseñanza de la Medicina Interna en la Facultad de Medicina, se desarrollaba en las dos cátedras de Patología y Clínica Médica. La primera era dirigida por el catedrático profesor Fermín Querol Navas y la segunda por el encargado de cátedra profesor Isidro Aguilar Rodríguez.

Ambas cátedras se rotaban al igual que las de Patología Quirúrgica, el profesor Querol era responsable de enseñar dos años y el profesor Aguilar uno solo. Con este sistema los estudiantes oficiales recibían las clases de Medicina Interna con el mismo profesor; así quien habia tomado las clases con el profesor Querol en el cuarto año, lo haría también en el quinto y en el sexto. Sin embargo, como alumno libre tuve la oportunidad de observar a todos los profesores, por lo que pude apreciar sus diferencias en su enseñanza. Las clases de Patología Médica eran todas teóricas, no había obligación de prácticas.

Médica I

Durante el curso 1964-1965, el catedrático Fermín Querol Navas tuvo a su cargo la enseñanza de la Patología Médica primer curso (cuarto año) en el horario de nueve a diez de la mañana, los lunes, miércoles, jueves y sábados. Las clases de Patología Médica tercer curso (sexto año) se dictaban martes, miércoles y viernes de diez a once de la mañana.

Al principio del curso asistí a algunas clases pero decidí no regresar a ellas, pues nuestro grupo había comenzado las clases particulares con Ángel Gómez. Todos los días en la tarde nos reuníamos en su casa por una hora, donde nos dictaba los temas del programa y explicaba los puntos más importantes. Al igual que Patología General, sus clases eran excelentes y amenas . Los apuntes que tomamos eran un magnífico resumen de cada tema de Medicina Interna, por lo que aprendimos muchísimo.

Nos sentábamos alrededor de la mesa del comedor de su casa. Como era invierno y hacía mucho frío, cubría la mesa con una frazada grande que nos tapaba las piernas, con un infiernillo o calentador de gas debajo de la mesa.

Durante los meses de octubre a diciembre, desarrollamos todo el programa del primer curso de Patología Médica. Recuerdo como se utilizaban las descripciones de las enfermedades con relación a animales: la endocarditis lúpica en lengua de gato, alimentos, y hasta algunas descripciones lucían poéticas, como que en el edema agudo de pulmón se decía que el paciente se ahogaba en sus propias aguas.

El examen final de esta asignatura se realizó el veintiuno de mayo y era escrito. Fueron tres preguntas, cada una pertinente a los sistemas digestivo, circulatorio y respiratorio, y obtuve la nota de Notable.

Médica II

En el curso 1964-1965, el profesor Aguilar tenía a su cargo la enseñanza de la Patología Médica segundo curso, correspondiente al quinto año de la carrera. El programa de la asignatura incluía las enfermedades renales, las musculoesqueléticas y las del sistema nervioso.

Sus clases se impartían los lunes, martes, miércoles y sábados de nueve a diez de la mañana.

No asistí a muchas de sus clases por lo que están borrosos esos recuerdos. En enero no continué con las clases de Ángel Gómez, pues Manuel Torres, un compañero muy querido de la Universidad de La Habana, me aconsejó que me uniera al grupo que recibía clases privadas de un ayudante del profesor Aguilar, el doctor Joseph Castelltort Casas al que llamaban el Catalán. Sus clases se desarrollaban en su casa, donde nos daba unas cuartillas con resúmenes de todos los temas de la asignatura. Muy importante, nos hacía énfasis en los comentarios de Aguilar y su técnica examinando, lo cual nos ayudaría en los exámenes.

Sólo había un examen final, que era oral, y muy temido por todos, llamando a los alumnos por orden alfabético.. El profesor Aguilar se sentaba en la cátedra y el alumno en una silla a un nivel muy por debajo. El doctor Castelltort se encontraba sentado en una banqueta muy alta, cerca de la puerta, observando los exámenes. Aguilar tenía sobre el buró tres lomitas con papelitos doblados, cada uno con el número de una lección del programa: una lomita con los temas del sistema locomotor, otra con los temas del sistema renal, y la última correspondiente al sistema nervioso.

El profesor Aguilar era un hombre rudo y áspero. Le decía al examinado, tome un papelito de aquí. El alumno buscaba en el programa de la asignatura la lección que equivalía al número tomado en suerte y comenzaba a contestar el tema. Aguilar lo interrumpía para puntualizar algún dato y al menor fallo, le decía retírese, lo cual significaba suspenso. Si en cambio se sentía satisfecho con la respuesta, le decía al estudiante: saque ahora de aquí, señalando otra de las lomitas de donde había que tomar el papelito. Antes de mi turno para examinarme, vi como suspendía a muchos estudiantes. Me impresionó sobre todo uno que salió llorando al ser expulsado del aula al tartamudear la primera pregunta.

Me llegó el turno para mi examen el día dos de junio. El profesor Aguilar me señaló la lomita del centro que correspondía al grupo de las enfermedades del sistema locomotor o musculoesquelético y el número del papelito al tema de la Artrosis. Esta lección también se discutía en profundidad en el primer curso de Patología Quirúrgica, por lo que me lo sabía muy bien. Solamente tuve que añadir unos comentarios, que aprendí en las notas del Catalán, sobre la clasificación del famoso clínico español Jiménez Díaz, en relación con la patología de las afecciones de las articulaciones. El profesor madrileño consideraba que existía un factor A que inflamaba (como en la artritis) y un factor B que degenera (como en la artrosis). No más hice ese comentario, me señaló para la lomita de la derecha. El número que saqué correspondía al tema del síndrome de Parkinson, dentro de las enfermedades del sistema nervioso. Comencé a describir el síndrome clínico, cuando el profesor Aguilar me interrumpió y me preguntó sobre el tratamiento de esta afección.

En ese momento me acordé de otro consejo del Catalán. Si te pones a discutir el tratamiento médico, él va a enfatizar sobre el quirúrgico o viceversa. Como el tratamiento quirúrgico era un solo párrafo en los apuntes de clase y me lo sabía perfectamente, comencé a discutir el tratamiento médico que es más complicado. Efectivamente, Aguilar me interrumpió:

—Hable del tratamiento quirúrgico.

Se la contesté correctamente y su siguiente pregunta fue:

—¿Quiere nota?

En ese momento, recordé que estaba por empezar ese mismo día el examen oral de Patología Quirúrgica primer curso. Como no se sabía por cual letra del alfabeto comenzarían a llamar a los estudiantes, y si llamarían primero a oficiales o a libres, temiendo que me llamaran en cualquier momento, le contesté al profesor Aguilar que no.

—Pues se puede marchar. —Me dijo entonces.

Salí corriendo para el aula donde se desarrollaba el examen de Quirúrgica pero, como empezaron por el principio del alfabeto, no fuí examinado en esa asignatura hasta dos días después.

Mas tarde, el Catalán me recriminó porque no traté de sacar nota en el examen.

XVIII

LA HAMBURGUESA

Es bien conocido que los estudiantes de medicina durante sus estudios se imaginan que sufren de las distintas enfermedades que estudian, algunas veces este sufrimiento es de tal intensidad que la vida se les convierte en un verdadero infierno, y muchos deciden no continuar los cursos de Medicina y se cambian para otras disciplinas.

Pues bien, durante el curso 1964-1965 en la Facultad de Medicina de la Universidad de Salamanca, experimenté una fobia a padecer de hidatidosis, enfermedad que se estudiaba en Patología y Clínica Quirúrgica primer curso, Patología y Clínica Médica tercer curso, y en Higiene y Sanidad.

El doctor José Bravo Oliva era el catedrático de Higiene y Sanidad, una de las asignaturas del sexto año de la carrera de Medicina, y el doctor Luis Diaz Martín, su adjunto. El profesor Bravo Oliva junto con los catedráticos de Madrid (G. Piédrola Gil) y Barcelona (A. Pumarola Busquets), habían escrito el libro de texto de la asignatura: *Higiene: Medicina Preventiva y Social*[17]. Eran dos grandes tomos, de excelente impresión y claridad. El programa de la asignatura que constaba de ochenta y cuatro capítulos, era una copia del índice de materias de dicha obra.

Las clases de Higiene y Sanidad se impartían los jueves, viernes y sábados de nueve a diez de la mañana, pero debido a mi

---

[17] Piédrola, Pumarola y Bravo Oliva: *Higiene Medicina Preventiva y Social*, Madrid, 1965. Tomo I, capítulo 12.

complicado horario, sólo pude asistir a algunas de los viernes. No había clases prácticas, solamente las conferencias magistrales.

El desarrollo de la asignatura durante el curso académico fue tranquilo y sin grandes temores, y el examen final, escrito, el quince de junio, lo aprobé sin ninguna dificultad. Pero debo reseñar varios aspectos de la hidatidosis, para que se pueda comprender mi miedo al contagio.

La hidatidosis es la afección parasitaria ocasionada en el hombre o animales receptibles por la acción de la forma larvaria de la Tenia echinococus. Quiste hidatídico es la lesión vesiculosa originada en la hidatidosis.

La tenia equinococus granulosus es un pequeño céstodo que vive en estado adulto en el intestino del perro, desde él cual los huevecillos, por diversos vehículos (contaminación de la piel del perro, hierbas, verduras, aguas, etc,) llegan al tubo digestivo del hombre. Desde este punto son llevados por la sangre a distintos sectores del organismo (hígado, pulmones, músculos, huesos, riñones, cerebro), donde dan origen a grandes formaciones quísticas, en las cuales existen numerosas tenias invaginadas llamadas escolex. Éstas sólo se desarrollarán si vuelven a llegar al tubo digestivo del perro, cosa que puede suceder cuando los parásitos, en vez de desarrollarse en su segunda fase en el hombre, lo hacen en animales herbívoros, principalmente en los óvidos y bóvidos, cuyas vísceras fueron ingeridas por el perro. Esta enfermedad era frecuente en España, especialmente en las Castillas, León y Extremadura, regiones de gran riqueza ganadera.

El quiste hidatídico comienza a crecer tomando sucesivamente tamaños cada vez mayores, en cinco meses como un huevo de paloma, en cinco años como una naranja, y en veinte, como la cabeza de una persona.

Clínicamente, decía el profesor Moraza[18], «los enfermos de quiste hidatídico eran poco enfermos». Los quistes del hígado sólo son advertidos cuando la hepatomegalia se hace manifiesta. Los quistes pulmonares suelen dar hemoptisis.

---

[18]   Moraza Ortega, Miguel: *Manual de Patología y Terapéutica Quirúrgicas*, Salamanca, 1961. Tomo I: *Cirugía General*. Capítulo XXVII.

Durante el curso académico pude observar varios pacientes que sufrían de esta enfermedad, así como su tratamiento quirúrgico, que incluía la apertura y marsupialización de los quistes hepáticos, y la resección de los quistes pulmonares.

No puedo explicar porque desarrollé casi una fobia a esta enfermedad en particular, que se manifestó en dos ocasiones. La primera vez, fue cuando nos llegó la noticia de que un restaurante de la ciudad de Salamanca se estaba haciendo famoso por vender unas hamburguesas muy sabrosas. Siempre preferí la frita cubana, carne bien condimentada con papitas leoninas dentro de un pequeño pan redondo, que la hamburguesa americana que conocí al llegar a Miami; pero una tarde, nos fuimos un grupo de compañeros de la universidad y nuestras esposas, a comer las famosas hamburguesas, principalmente por la novedad del asunto.

No más nos sentamos, observé con horror que servían las hamburguesas poniendo lechuga cruda en el pan. Enseguida, me vino a la mente la primera emigración de los huevecillos de la tenia en las verduras crudas.

Cuando vinieron a tomar la orden en nuestra mesa, todos nuestros amigos pidieron las famosas hamburguesas. Pero cuando llegó mi turno, le repetí varias veces al camarero:

—¡Señor, a la hamburguesa de mi señora y de la mía, no le ponga lechuga, por favor!

Por supuesto cuando llegaron las dichosas hanbuguesas, todas venían con las peligrosas lechugas. Según Marta me puse histérico ya que insulté al camarero por su poco interés y estupidez. Finalmente, Marta logró que comiera el manjar, sacándole la lechuga siniestra, no sólo con asco sino miedo.

La otra oportunidad en que me dejé dominar por la fobia al quiste hidatídico, sucedió en el verano de 1965, cuando fuimos a la Embajada de los Estados Unidos en Madrid para la residencia y era necesario presentar una radiografía de torax. Pues, antes de realizar la prueba, me dirigí junto con Marta hasta el Hospital Clínico, donde el doctor Castelltort, el «Catalán», ayudante de la Segunda Cátedra de Patología y Clínica Médica (Profesor Aguilar), nos hizo una fluroscopía y me tranquilizó de que nuestras radiografías iban a salir normales.

XIX

LOS SENTIDOS

La Oftalmología (Enfermedades de los ojos) era la asignatura más fácil del cuarto año de los estudios de Medicina y el horario de sus clases eran los martes, jueves y sábados, de las doce a la una de la tarde.

El doctor Rafael Bartolozzi Sánchez era el catedrático y el doctor Rafael de Unamuno Lizárraga, el profesor adjunto.

No recuerdo nada de las clases teóricas de esta asignatura y no hubo clases prácticas de la misma, mas el libro de texto escrito por el profesor Bartolozzi, junto con los profesores Carreras y Carreras, era claro y pedagógico.

La asignatura se examinó en dos parciales, de forma escrita. El primero se realizó el treinta de enero, en el que obtuve la nota de Aprobado. El segundo parcial sucedió el tres de mayo y aunque logré un Notable, la calificación final fue de Aprobado.

Una de las asignaturas del quinto año de la carrera, era la Otorrinolaringología (Enfermedades de la garganta, nariz y oídos), cuyas clases se efectuaban los jueves de una a dos de la tarde y el viernes de nueve a diez de la mañana. El catedrático, doctor Andrés Sánchez Rodríguez, tenía a los doctores Casimiro del Cañizo Suárez y Felipe Rodríguez Adrados, en función de adjuntos, y el programa de la asignatura constaba de cuarenta y ocho lecciones.

En la tabla de anuncios de la cátedra, se comunicaba la lista de los textos recomendados para el estudio de esta asignatura, así como un largo listado de las clases prácticas. Sin embargo, no tuve conocimiento de que se produjera alguna de ellas.

Durante el curso académico, no tuve que asistir a las clases teóricas en la facultad, pues el grupo de cubanos hizo contacto con un ayudante de la cátedra para que nos diera clases privadas. El doctor Rubio trabajaba con uno de los profesores adjuntos y por lo menos un día a la semana, en la tarde antes de cenar, nos reuníamos en su casa. El doctor Rubio nos dictaba un resumen de cada tema del programa, explicando las partes más difíciles o importantes.

Se realizaron tres exámenes parciales con eliminación de materia, los cuales eran escritos. El primero ocurrió el catorce de enero, sobre las enfermedades del oído, y el segundo, que trataba de la patología de la garganta, el primero de abril. En ambos, obtuve la nota de Sobresaliente.

Mas en el tercer examen parcial sobre las enfermedades de la nariz, el veinte de mayo, y donde se daba la nota final de la asignatura, advertimos que el grupo de ayudantes de cátedra que trabajaba con el otro profesor adjunto, fueron los que dictaron las preguntas y calificaron los exámenes. Parecía como que al doctor Rubio lo habían echado a un lado.

Las preguntas fueron fáciles y pude contestarlas perfectamente. Sin embargo, al recibir la papeleta con la calificación de Aprobado, saqué en cuenta que no se tuvo consideración de las notas de los dos exámenes parciales anteriores. Me dirigí a la cátedra para pedirle al catedrático una revisión de examen, cuando me encontré con el doctor Rubio y al preguntarle sobre lo sucedido, lo noté muy triste y abatido, En ese momento decidí no reclamar nada y conformarme con el Aprobado. En realidad, eso era lo más importante.

XX

LOS LIBROS NO SE PRESTAN

Hay una historia de un lord inglés, que cuando le mostraba su biblioteca a un visitante, éste le preguntó si alguna vez le prestaba sus libros a alguien.

—Solo los tontos prestan sus libros —fue su contestación. Y señalando con la mano, añadió: —Todos estos libros, una vez pertenecieron a tontos.[19]

Nunca vi anunciadas las clases de Deontología Médica, una de las asignaturas del sexto año de la carrera de Medicina, y no conocíamos al catedrático de la misma; por lo que me compré un pequeño libro sobre esta materia, que era muy ameno e interesante,y lo leí un par de dias antes del examen.

Un primero de marzo se realizó el mismo, el cual era escrito, y al llegar al aula, nos encontramos con un hombre de alrededor de cuarenta a cincuenta años, vestido con sotana y sombrero de cura. Además de médico, el catedrático era sacerdote.

Recuerdo que antes de entrar al aula del examen, unos compañeros míos, de religión hebrea, le manifestaron que se encontraban preocupados, ya que ellos no conocían la religión católica. Con una sonrisa amable, el catedrático les dijo que no tenían por qué preocuparse.

La pregunta del examen se refería que hacer en una mujer embarazada a la que se le descubre un cáncer agresivo del útero.

---

[19]   Dirda, Michael: *Caring for your books*, New York, Book-of-the-Month Club, 1990.

El tema era indiscutiblemente apasionante. Días después recibimos nuestras papeletas; todos habíamos Aprobado.

Como mencioné anteriormente me había gustado mucho el librito de Deontología y fue uno de los libros de mi carrera que me traje conmigo a América. Sin embargo, no se encuentra ya en mi biblioteca. Incumplí la ley de los amantes de los libros que todos conocen: los libros no se prestan. Un joven amigo nuestro, seminarista en aquellos momentos, me lo pidió prestado. Lo hice, y nunca me lo devolvió.

En general es un error prestar los libros, probablemente nunca más los volverás a ver. Por eso cuando alguien me pide prestado algún libro que he comentado en alguna reunión, lo que hago es ir a comprarlo y se lo regalo.

XXI

LA SOPA DE GATO

La enseñanza de la Pediatría y Puericultura, una de las asignaturas del quinto año de la carrera en la Facultad de Medicina, era toda teórica y consistía exclusivamente en conferencias magistrales de lunes a viernes de once a doce del día. No se ofrecían clases prácticas en la sala del hospital o la consulta externa y al igual que en la mayoría de las cátedras se estudiaba mediante los apuntes tomados en clases.

El profesor encargado de la asignatura, el doctor Ernesto Sánchez Villares, enfatizó en la primera clase que la Pediatría realmente no era una especialidad pero sí una medicina especial. Sánchez Villares se alternaba con el profesor adjunto, el doctor Ángel López Borges, y un ayudante de cátedra de apellido Crespo, para dictar las lecciones. Eran magníficas estas conferencias, inclusive las más tediosas relacionadas con la dietética y la alimentación infantil, con el estudio de la lactancia materna, la lactancia artificial, etc. La «sopa de gato» era un alimento típico de los pobres de Salamanca, mencionada muchas veces por el profesor López Borges, y que consistía en agua, aceite de oliva, sal y pedazos de pan. Obviamente su calidad nutritiva era mínima.

Antes de que finalizara el curso, el profesor Sánchez Villares, pudo convertirse en catedrático titular al lograr triunfar en unas oposiciones. Esto provocó un estado de fiesta en la cátedra y en la Facultad.

Debo mencionar que con lo que aprendí de Pediatría en la Universidad de Salamanca, pude realizar mi trabajo sin grandes dificultades, durante mi rotación en esta especialidad en mi año de Internado en el Hospital Universitario Jackson Memorial. A pesar de que me orienté hacia la Medicina Interna, comprobé lo beneficioso que fue para mí esa experiencia, cuando años más tarde, al limitar mi práctica profesional a la especialidad de Reumatología, pude ayudar a los niños que padecían de artritis.

También en mi rotación en el Hospital Universitario, el residente de la sala fue el doctor Pedro López, el cual me impresionó muchísimo por su experiencia clínica y su dedicación a los niños enfermos, la mayoría pertenecientes a las clases más pobres. Tanto fue así, que un día le dije:

—Pedro, cuando tenga hijos, tú vas a ser su médico.

Y lo ha sido, no sólo de mis hijos, sino de mis nietas. Con el tiempo, el doctor Pedro López se convirtió en unos de mis mejores amigos, un hermano, por sus continuas pruebas de cariño y afecto. Le estaré eternamente agradecido por su amistad y su experto y bondadoso cuidado.

Los exámenes de la asignatura fueron escritos. El primer parcial se realizó el veinticuatro de febrero y obtuve la calificación de Sobresaliente. El segundo parcial fue el veintitrés de junio, con la nota final de Notable.

XXII

LA UÑA DE ALBARRÁN

Desde niño soy un lector empedernido. Mi amor por los libros es obvio ya que puedo pasar horas y horas hojeando libros en librerías y bibliotecas. Mi afición a la literatura (novelas, poesía, etc.) y la historia, me hizo dudar en cuarto año de bachillerato si mi verdadera vocación era la medicina. Mas debemos anotar que grandes novelistas como Somerset Maugham, A. J. Cronin, Pio Baroja, Arthur Conan Doyle y otros, eran también médicos. Desde que comencé mis estudios de medicina en Cuba, coleccionaba libros antiguos así como de historia de la medicina., que me fascinaban.

No pude asistir a ninguna de las clases de Historia de la Medicina durante el curso académico, ya que a las horas señaladas para las clases de esta asignatura (lunes y viernes de once a doce meridiano) se ofrecían las de Pediatría, asignatura importante y difícil, no sólo por mi deseo de terminar cuanto antes mis estudios, sino que era lo más práctico en vista de que esta materia era parte importante del futuro examen de reválida en los Estados Unidos. Me conseguí unos apuntes de las clases del catedrático doctor Luis Sánchez Granjel, que revelaron su vasta cultura y que todavía guardo en mi biblioteca.

El examen se efectuó en los primeros días de marzo. Éste resulto ser escrito y creo recordar que hubo un sólo tema a desarrollar. La pregunta se basaba en los adelantos quirúrgicos del siglo XIX. Me sabía muy bien la materia y escribí varios folios.

Monumento a Joaquín Albarrán en Sagua la Grande.
(Foto de Tintín Collection).

Al incluir entre los adelantos de ese siglo, el invento del cistoscopio realizado por el alemán Nitze, y mediante el cual se puede examinar y operar en el interior de la vejiga urinaria tumores, piedras, ulceraciones, etc., añadí un comentario sobre Joaquín Albarrán, quién le había hecho una modificación a este instrumento, la llamada uña de Albarrán, y con la cual se pudieron cateterizar o introducir un tubito por los orificios ureterales de la vejiga y a través de los uréteres poder llegar hasta los riñones, visualizándolos mediante la inyección de materiales de contraste o realizar procedimientos quirúrgicos, como extraer pequeñas piedras o cálculos renales.

El doctor Joaquín Albarrán y Domínguez fue un famoso médico cubano que nació en Sagua La Grande, Las Villas, en 1860. Realizó una brillante carrera en Francia, llegando a ostentar el título de Cirujano de los Hospitales de París, siendo uno de los pioneros de la cirugía de las vias urinarias o Urología. Fue profesor titular de la cátedra de Urología de la Universidad de París y sustituyó a su maestro Guyon, como director de la Clínica de Urología del Hôpital Necker. Murió en París a los cincuenta y dos años.

Es famosa su declaración:

«Si los azares de la vida me han hecho adoptar por patria a la gran nación francesa, nunca olvido que soy cubano y siempre tenderá mi esfuerzo a hacerme digno de la patria en que nací.»[20]

Sus palabras y su vida fueron precursoras para nosotros, actitud emulada por los médicos cubanos exiliados en la gran nación americana, pero siempre luchando para que la libertad y el bienestar económico regresen a Cuba esclavizada por el castrocomunismo.

---

[20] Palabras del hijo predilecto de Sagua la Grande en el Fígaro de La Habana, en ocasión de un viaje que realizó a Cuba en 1890. Están grabadas en la estatua de Joaquín Albarrán en el parque que lleva su nombre en Sagua la Grande, Cuba.

Mi admiración por el doctor Joaquín Albarrán, comenzó durante mis años de estudiante en la Universidad de La Habana, ya que tuve el honor de trabajar en el pabellón Albarrán del Hospital Universitario General Calixto García, en el grupo del profesor titular doctor Rodríguez Molina y de su jefe de clínica el doctor Molina Sabucedo.

Se comprenderá que no pude resistir la tentación de escribir sobre Albarrán y de su invención en el examen de Historia de la Medicina. Pero como estos datos no se encontraban en los apuntes de clase, al terminar el examen sentí un poco de miedo al pensar en la reacción del catedrático al revisarlos.

Por lo que al entregar los folios con mi respuesta a la pregunta, abordé directamente al profesor Sánchez Grangel y le dije:

—Señor profesor, debo decirle que añadí unos datos en mi respuesta que no se encontraban en sus apuntes de clase.

Extrañado me preguntó:

—¿Qué escribió, usted?

Le contesté que el doctor Joaquín Albarrán había modificado el cistoscopio inventado por Nitze.

Su respuesta me emocionó y me tranquilizó a la vez:

—Ningún cubano debe olvidar eso nunca.

Le dí las gracias y me marché muy contento.

Días más tarde recibía la papeleta con el Aprobado en la asignatura.

XXIII

LA VENTOSA

Todo los estudiantes de cuarto y quinto años estaban muy contentos con la llegada del nuevo catedrático de Obstetricia y Ginecología, el doctor José A. Usandizaga Beguiristaín; un hombre joven que había ganado recientemente la cátedra en unas oposiciones. Se comentaba que había completado su entrenamiento en esta especialidad en los Estados Unidos. Uno de los profesores adjuntos, el doctor Ángel García Hernández, llamado por todos Angelito, y que estuvo encargado de la cátedra hasta el curso anterior, era muy temido por los estudiantes, pues sus exámenes orales eran una tortura.

En el cuarto año se estudiaba la Obstetricia, sus clases se realizaban los martes, jueves y sábados, de once a doce de la mañana. La Ginecología era una de las asignaturas del quinto año y sus clases eran los lunes, miércoles y viernes, de las doce hasta la una del mediodía. Asistí a las clases de ambas asignaturas, según podía con mi complicado horario.

En el primer día de clases, el catedrático recomendó como texto, los tres tomos del Tratado de Ginecología escritos por el profesor de la Universidad de Madrid, doctor José Botella Llusiá, recientemente editados[21]. Los libros eran excelentes y explicaban muy claramente los temas requeridos por el programa de cada

---

[21] Botella Llusiá, José : *Tratado de Ginecología*, Barcelona, Editorial Científico-Médica. Tomo I: *Fisiología Femenina*, sexta edición, 1963 / Tomo II: *Patología Obstétrica*, sexta edición 1964 / Tomo III: *Enfermedades del Aparato Genital Femenino*, séptima edición 1965.

asignatura, por lo que no fue necesario tomar ni conseguir los apuntes de clase. Para el cuarto año, se utilizaban el tomo uno (Fisiología Femenina) y el tomo dos (Patología Obstétrica), y para el quinto año, el tomo tres (Enfermedades del Aparato Genital Femenino). Los libros, encuadernados en tela, estaban impresos en un papel especial, con magníficas fotografías y esquemas.. Por lo tanto, eran muy caros en relación a aquella época, costando dos mil doscientas diez pesetas, que al cambio serían más de treinta y seis dólares.

En Cuba, durante mis años de alumno de la clínica del doctor Mendiola, ayudé muchas veces al doctor Trujillo, médico de guardia, cuando se presentaba algún parto; también ayudé al obstetra doctor Miguel Gutiérrez en las operaciones de cesárea, así como en la utilización de los forceps.

Recuerdo que durante el curso solamente hubo una clase práctica, en que desde el anfiteatro del quirófano del Hospital Clínico, observamos un parto realizado por el otro profesor adjunto, el doctor Antonio Hernández Alcántara. Ese parto me impresionó mucho, ya que usaron un aparato llamado la ventosa, que parecía una aspiradora de limpieza de pisos. Aplicaron la copa de la misma directamente sobre la cabeza del feto, logrando la extracción del mismo utilizando un extractor de vacío. Esta técnica producía el llamado tumor de parto, que era una hinchazón edematosa en la cabeza fetal.

El primer parcial de Obstetricia se efectuó el veintitrés de febrero, donde obtuve la calificación de Notable, y el segundo parcial fue el nueve de junio, y la calificación final de Sobresaliente.

En cuanto a la Ginecología, noté en las clases la importancia que el profesor le daba a dos temas: la endometriosis y los tumores ováricos. Dedicó varias clases a ambos temas y sobresaltaba su importancia.

Solamente hubo un examen final escrito el veintiséis de junio. Los ayudantes de cátedra mandaron a pasar a los alumnos oficiales primero. Yo me quedé cerca de la puerta del aula donde se estaba desarrollando el examen, y escuché cuando decía el catedrático la pregunta a desarrollar: Tumores ováricos.

En ese momento le dije a todos mis compañeros que repasaran especialmente el tema de la endometriosis, aunque algunos de ellos no prestaron atención a lo que les había dicho. Una hora más tarde, al terminar los oficiales, entramos al aula los alumnos libres. No me sorprendió que la pregunta a desarrollar fuera la que yo había vaticinado, pero a pesar que la contesté correctamente sólo me dieron la nota de Aprobado.

Un año más tarde, en la rotación por el Departamento de Obstetricia y Ginecología, durante mi internado en el Hospital Jackson Memorial de la Universidad de Miami, realicé decenas de partos. También obtuve gran experiencia en Ginecología y en el cuidado prenatal en la consulta externa. Sin embargo, esos dos meses fueron una tortura, ya que el departamento de esta especialidad estaba en crisis. El trabajo era agotador ya que solamente dos internos, un médico brasileño y yo, habíamos elegido esa rotación, durante el año de internado. Tampoco había residentes de segundo año, ya que todos los residentes que terminaron el primer año de la especialidad habían renunciado y se marcharon a otros hospitales, pues existía una gran hostilidad entre los miembros del departamento, residentes y profesores.

Comenzaba mi trabajo en el hospital antes de las siete de la mañana, y no terminaba hasta las siete de la tarde del día siguiente, sin tener unos minutos para descansar o ir a comer a la cafetería del hospital, pues no tenía quien me sustituyera, teniendo que contentarme con lo que sobrara de la distribución de las comidas de las pacientes ingresadas en la sala de partos. Al finalizar las treinta y seis horas de trabajo continuo, llegaba a mi casa y con el último bocado de la cena en mi boca, caía rendido de sueño en la cama, para volver a repetir el mismo ciclo a la mañana siguiente. Por suerte, logré tomar mis dos semanas de vacaciones al final del segundo mes y abandonar esa casa de locos.

Unos días antes de transferir al Departamento de Pediatría, llegó el nuevo profesor jefe del departamento, el doctor Little, y le pidieron a los residentes que formáramos una fila para saludarlo. Cuando el profesor llegó a mi puesto, me dijo:

—Me han informado que usted ha realizado un gran trabajo. ¿Piensa solicitar una plaza de residente para el próximo año?

Mi contesta lo dejó desconcertado.

—¿Usted está bromeando?

XXIV

LA PIEL

Lo fastidioso en Dermatología es que el enfermo ve su enfermedad: es imposible dormirlo con cuentos. No lo deja a uno en paz hasta que le han desaparecido las postillas. Sólo que si te haces dermatólogo tienes la seguridad de que no te despertarán nunca por la noche.

André Soubiran[22]

Durante mis años de estudiante de medicina en la Universidad de La Habana, el único contacto que tuve con la especialidad de Dermatología, fue en la Clínica Santa Isabel, en el barrio habanero de la Víbora. Un día me llamó el doctor Percy López Capestany, dermatólogo de la clínica, para mostrarme un enfermo que padecía de sífilis secundaria. No olvido su grito para evitar que tocara la erupción que se manifestaba en la piel.

—¡Es peligrosamente contagiosa! —me dijo.

Muchos años después en Miami, Percy y yo participamos en el tratamiento de muchos pacientes.

---

[22] Soubiran, André: *Los Hombres de Blanco.* Tomo III: *El Gran Oficio* (novela). Traducción de Amparo Albajar, Argentina, Librería Hachette S.A., 1957. Página 372..

En España, la Dermatología era una de las asignaturas del último año de la carrera. Las clases se impartían los lunes, miércoles y viernes, de las doce a la una. No pude asistir a todas ellas por lo complicado de mi horario de clases, teniendo a la Patología Quirúrgica 1er. curso y la Ginecología a la misma hora, al haber matriculado en el curso 1964-1965 los tres últimos años de la carrera.

Las clases eran audiovisuales, ya que durante las conferencias de los profesores se proyectaban diapositivas mostrando las lesiones características de las distintas enfermedades de la piel, así como las manifestaciones dermatológicas de muchas enfermedades sistémicas. Era extremadamente difícil con el aula a oscuras, que se pudieran tomar apuntes de las lecciones. Por suerte, se vendía en la cátedra un folleto impreso y encuadernado de casi ciento cincuenta páginas de los apuntes de Dermatología[23], que señalaban que habían sido revisados por el catedrático doctor Antonio García Perez, y que contestaba los cincuenta y un temas del programa de la asignatura. Los apuntes se caracterizaban por explicar todos los temas dermatológicos en una forma muy pedagógica.

Aparte de las clases teóricas no se ofrecieron prácticas en la consulta externa ni en la sala de los enfermos hospitalizados. Así que lo único que podíamos hacer era memorizar el mencionado folleto y presentarnos a los exámenes, los cuales eran parciales por lo que se dividía la asignatura en tres partes con eliminación de materia.

El primer parcial ocurrió el diez de diciembre de 1964, el segundo el ocho de abril de 1965 y el tercero, el doce de mayo del mismo año. Me pareció que en los tres exámenes, contesté bastante bien las preguntas y obtuve el ansiado Aprobado.

Aparte de volver a repasar algo de Dermatología para el examen del Foreign - E.C.F.M.G. (reválida del título de médico en los Estados Unidos), no volví a pensar en la importancia de esta disciplina hasta que comencé mi entrenamiento en la especialidad de Reumatología. Recuerdo que en el Hospital Universitario Calixto García, se reían de los tratamientos dermatológicos. Mira —de-

---

[23] García Pérez, Antonio: *Apuntes de la Cátedra de Dermatología.*

cían— es bien sencillo: si las lesiones son húmedas, usamos cremas secantes, si son secas, las humedeces, y si no funciona aplicas cremas de cortisona. Nada más lejos de la verdad.

Las manifestaciones cutáneas de las enfermedades reumáticas eran casi tan importantes como los síntomas articulares, por lo que formaban parte indispensable de los criterios diagnósticos de las enfermedades colágenas, como el lupus eritematoso sistematizado, la dermatomiositis, la esclerosis sistémica y las vasculitis. Recuerdo que hicimos un diagnóstico de artritis psoriática en un paciente afectado de una artritis severa, al encontrar una lesión típica de psoriasis escondida en la parte sacra del cuerpo entre las nalgas. También el uso de medicamentos antireumáticos, como las sales de oro, podían producir toxicidad en la piel.

Debo mencionar aquí, a mi gran amigo el doctor José Rodríguez Valdés, eminente dermatólogo dominicano graduado de las Universidades de Madrid y Nueva York, con quien aprendí mucho cuando le pedía su excelente ayuda en el tratamiento de mis pacientes.

XXV

LLAVERO

El doctor Francisco Llavero Avilés, catedrático de Psiquiatría, asignatura del quinto año de la carrera, era un tipo pintoresco. Hablaba con un acento andaluz, quizás era originario de esa región de España. Antes de comenzar las clases compré en la Librería Cervantes el programa oficial de la asignatura que constaba de cincuenta lecciones, mas era evidente que el mismo no se podría cubrir durante el curso con el número de clases, solamente dos veces a la semana: el miércoles de una a dos del mediodía y el jueves de nueve a diez de la mañana.

La enseñanza consistía de lecciones teóricas, aunque algunas se consideraban como prácticas, ya que en ellas se presentaban casos clínicos. El profesor Llavero dictaba una de las dos clases teóricas semanales, ya que aparentemente vivía y ejercía la Psiquiatría en Madrid. La otra clase semanal era dictada por el doctor José Fermín Prieto Aguirre, el profesor adjunto de la asignatura. Creo que el profesor Aguirre estaba encargado del Servicio de Psiquiatría del Hospital Clínico; todas las prácticas con enfermos siempre fueron presentadas por él. El profesor Aguirre también se ocupaba de los temas más bien neuropsiquiátricos del programa, como el diagnóstico y tratamiento de las epilepsias, y los síndromes luéticos (debidos a la sífilis), en especial la parálisis general progresiva.

No existía un libro de texto de la asignatura, por lo que había que estudiar mediante los apuntes tomados en clase[24].

---

[24] Llavero Avilés, Francisco y Prieto Aguirre, José Fermín: *Apuntes de la Cátedra de Psiquiatría*. Curso 1964-1965.

En varias ocasiones durante el curso académico me encontré con el catedrático, en un tren eléctrico de un solo vagón que al atardecer recorría el trayecto de Salamanca a Madrid, durante nuestras escapadas a la capital de España. Por supuesto, que no me atreví a acercarme a él, pues en esa época no se acostumbraba ese tipo de fraternización con los profesores —distancia y categoría.

Todas las clases del profesor Llavero eran verdaderas lecciones magistrales, como veremos a continuación, en que transcribo de sus apuntes algunas de sus concepciones psiquiátricas.

Recalcaba que «para conocer una disciplina era necesario saber sus antecedentes históricos». Demostraba sus conocimientos de filosofía e historia, al desarrollar las diferentes concepciones de la enfermedad mental. Curiosamente decía que «toda enfermedad mental tenía un radical común, que era la falta de libertad».

Era notable su descripción de las Psicopatías. Para el profesor Llavero «la Psicopatía era una anomalía constitucional endógena, la trae así al mundo, teniendo una fase biogénetica, biopsíquica. El psicópata tiene una conducta biográfica anormal: es la clásica «oveja negra» de la familia; sufre y hace sufrir a los demás. Aparte del ambiente, que puede ser muy bueno, brota de sí el impulso ciego a robar, a matar, siempre a rozar la ley en sus más diversos aspectos. Es el individuo, que aún procediendo de los mejores medios «va derecho al crimen como un cohete y no hay dios que lo pare».

En otra lección, el profesor Llavero explicaba: «El enfermo en las Psicosis no tiene conciencia de su enfermedad, es el prototipo de la enfermedad mental. No intenta comprender sus desajustes; sus alucinaciones y sus delirios son para él la realidad, su mundo es una proyección de sus propias fantasías».

«La Psicosis maniaco-depresiva es una condición cíclica del humor, girando en torno a dos polos: manía y melancolía . Cuando está deprimido, lo ve todo negro; y al salir de esta fase depresiva, hay mayor peligro de que se suicide. ¡Se tira por la ventana!»

«En la fase eufórica o maníaca, ocurre lo contrario. El individuo no duerme, entra en un estado de excitación y alegría, poco justificados. ¡Ahora tira la casa por la ventana!»

«En la esquizofrenia, el trastorno fundamental es la escisión de la personalidad. La mente esquizofrénica se rige por leyes distintas de las de una persona normal. Sufre un trastorno cualitativo de la sensopercepción, que lo lleva a una ruptura del contacto con la realidad. Piensa y dice cosas disparatadas, es lo que el vulgo llama loco».

«Ante un maníaco-depresivo, el observador se imagina lo que siente el enfermo. Ante el esquizofrénico, por el contrario, el espectador no comprende las extrañas ideas y sensaciones del paciente; domina el cuadro clínico un colorido especial de absurdidad, los síntomas tienen un sello indefinible de extrañeza».

Una mañana, el profesor adjunto, presentó un caso muy interesante de delirio de persecución. Era una persona sin educación, casi analfabeta, con una personalidad primitiva, que se va a Suiza a trabajar. Al poco tiempo, siente la nostalgia de España, de su pueblo, y como ignora los trámites legales,se marcha de regreso a su país, dejando el pasaporte. Logra pasar la frontera suiza, pero al llegar a Francia es apresado por la policía, que piensa que es un infiltrado comunista, un espía o terrorista. Es interrogado, utilizando hasta técnicas de tortura, para que diera información. Luego lo ponen a disposición de las autoridades españolas. Después de varios meses de prisión, se logra aclarar su situación, pero habiendo provocado un delirio de persecución en el pobre hombre.

El primer examen parcial ocurrió el veintiuno de enero, en el cual obtuve la calificación de Notable, mas el examen final que se efectuó el veintiséis de mayo, fue una locura. Todos los estudiantes que ibamos a examinar la asignatura entramos al aula designada para el examen. Poco después llegó el profesor Llavero, se paró frente a todos nosotros, y con una sonrisa en los labios, al ver donde cada uno se había sentado, ordenó a la mitad izquierda de la clase que se dirigiera a un aula contigua. Después se puso a cambiar de asiento a los estudiantes que habíamos quedado. Así el que estaba arriba para abajo, el de abajo para arriba, el que estaba a la derecha lo cambio para un asiento a la izquierda,y viceversa. Ese ajetro duró como media hora, hasta que se quedó satisfecho con el arreglo. Aparentemente lo hizo con la idea de que no hubiera habido arreglos para copiar o soplar las respuestas del examen. Dictó las preguntas a desarrollar, y dejando a unos ayudantes de cátedra para que vigilaran, se marchó a la otra aula, me imagino a ordenar la locura de los cambios de asiento. Mi nota final del examen fue Sobresaliente.

Debo comentar, que un día encontré en la libreria Inter de Salamanca, un libro escrito por el profesor Llavero titulado «La Repoblación Cerebral en España (Sociedad y Universidad)»[25].

En el libro hablaba de su recorrido por Alemania y Suiza, durante su entrenamiento psiquiátrico. Proponía planes para modificar los estudios universitarios, criticando el sistema de oposiciones y la necesidad de realizar una tesis e investigación para poder obtener el doctorado. En resumen, era un estudio a fondo de las numerosas cuestiones que tenía planteadas la enseñanza superior en España.

Me impresionó enormemente su acertada crítica a Ortega y Gasset, así como a Miguel de Unamuno, ya que recalcó «el grave error de Ortega, que defendía la separación, casi el divorcio, entre la universidad y la investigación». En cuanto al famoso Rector de la Universidad de Salamanca y catedrático de Griego, criticó su frase «que inventen ellos».

---

[25]   Llavero, Francisco: *La Repoblación Cerebral en España. Sociedad y Universidad*, Madrid, V. M. Molina, 3ª ed., 1962. Páginas 307-308.

XXVI

ESCAPADAS A MADRID

«De Madrid al cielo, y en el cielo,
un agujerito, para verlo».[26]

Durante el curso académico, cada vez que podíamos, y por motivos económicos no fueron todas las que hubiéramos deseado, Marta y yo partíamos para Madrid. La capital de España tenía como un imán que nos atraía y todavía, después de más de cuarenta años de haberla visitado por primera vez, ejerce el mismo efecto en nosotros dos.

Recuerdo que tomábamos un tren eléctrico en Salamanca, un vagón solitario que se movía muy rápido y con un vaivén por las líneas del ferrocarril durante las cuatro horas del viaje a Madrid. A nuestra llegada, nos hospedábamos en el Hotel Inglés de la calle Echegaray, que fue siempre nuestra casa en Madrid.

No nos aburríamos de caminar por las calles madrileñas, pasear por el Parque del Retiro y nos encantaba comer en un restaurante situado en el segundo piso de un edificio, desde cuyos ventanales se podía ver la Puerta del Sol.

Cuando resolvíamos los asuntos que nos habían llevado a Madrid, las visitas tenían como corolario visitar algunos teatros y

---

[26] «No importa quien fuera el autor de esta expresión popular de finales del siglo XVIII a raíz de las mejoras realizadas por el rey Carlos III, que embellecieron la ciudad y que significa que aunque uno muera, necesita el seguir viendo y disfrutando de la villa y corte».(Gea, Ma. Isabel: *Diccionario Enciclopédico de Madrid*, Ediciones La Librería, 2002.

ver qué obras estaban en cartelera. Aun hoy, cada vez que vamos de vacaciones a España, Marta y yo disfrutamos de las obras que se estén representando.

Aunque las comedias de Alfonso Paso eran muy divertidas, nuestras preferidas eran las obras dramáticas escritas por Alejandro Casona. Tuvimos el privilegio de disfrutar en mayo de 1965 del estreno en Madrid de *«Los arboles mueren de pie»*, y al final de la obra, no sólo se presentaron los actores, sino que Don Alejandro salió al escenario para ser aplaudido por el público con gran entusiasmo.

Años mas tarde, Marta me regaló dos tomos con las obras completas de Casona, los cuales atesoro y que me he leído tantas veces que casi me las sé de memoria.

En Miami, donde acudimos asiduamente a las distintas salas de teatro de la ciudad, las obras de Casona han sido puestas en escena por grandes actores del patio, como Manolo Villaverde, Salvador Ugarte y Alfonso Cremata, pero no están mucho tiempo en cartelera, ya que el público en esta ciudad prefiere las comedias.

XXVII

EL TRAJE DE LA SUERTE

En la Universidad de Salamanca existía un código de vestir, los hombres siempre de traje y corbata. Al aprobar todos los exámenes preclínicos, me fijé que había asistido a todos ellos con el mismo traje, por lo que lo bauticé con el nombre de «el traje de la suerte». Era el mismo traje con que había contraído matrimonio con Marta, lo que explicaba sus poderes mágicos. Desde entonces, no dejé de usarlo en ninguno de los exámenes, inclusive me lo puse para tomar el examen de reválida en los Estados Unidos.

El traje se convirtió para mí, como los escarabajos mágicos de los antiguos egipcios, o los escapularios que usan los católicos. Luego descubrí que otros compañeros míos también tenían su traje o corbata de la suerte. Al principio nos pareció algo gracioso, para luego convertirse en una superstición.

Así el día del examen, al salir de mi apartamento, Marta se ponía a rezar el rosario, hasta que yo regresaba de la universidad. Se convirtió en una parada obligatoria visitar una imagen de Cristo en una iglesia camino de la Facultad . Era una imagen bellísima, parecida al Cristo de Velázquez, y en mi biblioteca conservo una copia de este cuadro en un lugar prominente de la misma. Aunque mis dudas teológicas estaban presentes, Jesús era una personalidad que me atraía y me atrae; no me canso de admirar sus enseñanzas sobre el amor, sobre todo en las parábolas del hijo pródigo y el buen samaritano. Parado frente a aquella imagen, le decía sinceramente:

Para mi esposa, Señor, todo lo puedes. He
estudiado y trabajado a conciencia, solamente necesito que no me abandones y pueda
aprobar esta asignatura. Entonces partía hacia
la Facultad, con una sensación de confianza.

Se puede decir que yo aunaba todo lo que pudiera ayudar en
lograr mi meta de aprobar todas las asignaturas No sólo estudiaba
mucho, empollar para los españoles, y como siempre he sido muy
observador, durante las clases y estudio de los apuntes, podía intuir
lo que los profesores consideraban como los temas más importantes, y algunas veces pude predecir las preguntas del examen, como
conté anteriormente en los exámenes de Quirúrgica I, Ginecología
y los de Patología Médica. Armado con el traje de la suerte, y
contando con las oraciones de mi esposa y rogando personalmente
por la ayuda de Jesús, me presentaba en los exámenes listo para
dar la mejor pelea y mi máximo esfuerzo.

Creo que el momento clave para mí en aquel tiempo, fue el
examen de Anatomía, ya que si lo suspendía no hubiera habido
manera, tiempo y economía, para quedarnos en España, y hubiéramos tenido que regresar a los Estados Unidos, para un trabajo
mediocre, que no me haría feliz. El hecho de aprobar esa asignatura es algo que me obligó y me obliga a pensar sobre la providencia
de Dios. En aquel momento, sentí en mi corazón que Dios quería
que fuera médico.

XXVIII

VERANO DE 1965

Al terminar los exámenes ordinarios de junio, noté que había aprobado las asignaturas del cuarto año de la carrera. Además, del quinto año sólo me quedaba la Patología y Clínica Quirúrgica, segundo curso, y del sexto año la Patología y Clínica Quirúrgica, tercer curso, la Patología y Clínica Médica, tercer curso, y la Medicina Legal. En total, solamente cuatro asignaturas para terminar la carrera de Medicina.

Durante el verano nos avisaron de la Embajada Americana de nuestra cita para obtener la residencia en los Estados Unidos. Debido a mi neurosis sobre la hidatidosis, le pedí al catalán, ayudante de la Segunda Cátedra de Patología y Clínica Médica, que nos hiciera una fluoroscopía antes de la radiografía necesaria para los trámites. Todo salió perfectamente.

Con la ilusión de aprobar todas las asignaturas arriba mencionadas en la convocatoria de septiembre, entramos de nuevo en una actividad febril.

La mañana la dedicaba a estudiar las dos Quirúrgicas y después de almorzar, Rolando Branly venía a mi casa para repasar la Medicina Legal.

Años más tarde, cuando fui destinado a la jefatura médica de la División 101 de paracaidistas en Vietnam, me sorprendió que varios meses antes Rolando Branly estuvo destinado a esta misma unidad del ejército junto con Rafael Rodríguez. Semanas después, Branly me escribió desde Saigón que estaba en un hospital y me contaba que Rafael había sido evacuado a los Estados Unidos, debido a un pneumotorax espontáneo.

Jesús Martínez iba al atardecer a casa de Ángel Gómez para las clases particulares de Patología y Clínica Médica tercer curso. Enseguida que él llegaba, me prestaba bondadosamente los apuntes que yo rápidamente copiaba. Después de cenar dedicaba las noches a su estudio.

Eran unos resúmenes excelentes, agradables de estudiar y muy claros, dándote no solo una gran preparación para el examen, sino una magnífica discusión de la parte de la Medicina Interna que se estudiaba en esa asignatura (Endocrinología y Metabolismo, Hematología, y las Enfermedades Infecciosas)

MÉDICA III

El examen de Patología y Clínica Médica tercer curso fue el primero que se efectuó en la convocatoria de septiembre, y ocurrió el día diecisiete. Éste examen fue escrito y recuerdo que la primera pregunta se trataba de las complicaciones de la diabetes mellitus. Ángel Gómez había diseñado un algoritmo, que explicaba como en un cuadro sinóptico todas las complicaciones de la diabetes y sus características fisiopatológicas. Me lo había memorizado y solo tuve que añadir unos comentarios a cada epígrafe.

Días más tarde, me llenó de gran satisfacción recibir la calificación de Notable.

XXIX

LA TORTURA

QUIRÚRGICA - II

La segunda cátedra de Patología y Clínica Quirúrgica, responsable de enseñar la asignatura de Cirugía en el quinto año de la carrera durante el curso 1964-1965, tenía como catedrático al doctor Fernando Cuadrado Cabezón.

El profesor Cuadrado era además el Decano de la Facultad de Medicina y se decía que pertenecía al Opus Dei. Era un señor regordete que todo lo hacía sentado, a diferencia de los otros profesores. Explicaba sus lecciones sentado tras un escritorio. La única vez que lo vi en el quirófano, operaba al paciente sentado en una banqueta; y por supuesto, examinaba a los estudiantes sentado. Su trato personal era áspero y despótico, y tenía el hábito de fumar en la clase, sosteniendo el cigarrillo en una larga boquilla.

Durante el año académico, las clases del profesor Cuadrado, para mí aburridas, eran diarias, de diez a once de la mañana. Yo asistía a la mayoría de ellas, excepto que algunas veces iba a las clases de Médica III. El programa de la asignatura incluía las afecciones quirúrgicas de la cabeza, del raquis, y de los miembros superior e inferior. También en el programa se encontraba un listado con los títulos de las clases prácticas, mas no recuerdo haber asistido a ninguna de ellas, aunque luego en el examen final, nos sorprendió con un examen práctico.

El libro de texto de la asignatura, *Manual de Patología Quirúrgica*[27], había sido escrito por el maestro del doctor Cuadrado, el profesor Rafael Argüelles. Aunque la editorial afirmaba que había sido revisado por el profesor Cuadrado, las fotografías y esquemas tenían una pinta de antigüedad, las imágenes radiológicas se mostraban como el negativo de las placas, y las referencias al final de cada capítulo eran de los años veinte, treinta y cuarenta, a pesar de la fecha de edición de 1963. También tenía un librito de Exploración Quirúrgica[28], escrito igualmente por el profesor Argüelles, con las mismas características del texto de la asignatura.

Como mencioné anteriormente, durante el verano de 1965 dediqué las mañanas a estudiar las Quirúrgicas II y III. Nos pareció que el tiempo voló, y después del examen de Médica III el día diecisiete de septiembre, nos enfrentamos al profesor Cuadrado tres días más tarde.

El examen de Quirúrgica II fue el más angustioso de todos los exámenes que he realizado en mi vida y que todavía lo recuerdo con amargura. Fue una experiencia dura y dramática para todos los que nos examinamos ese día.

Federico Duménigo, compañero mío desde el primer año de la carrera en Cuba, fue el primero que se examinó, y la primera bola que sacó era referente a la luxación de la articulación temporomandibular.

Federico comenzó a contestar la pregunta, y al comentar que la luxación temporomandibular era una luxación atípica, el profesor Cuadrado, dando un manotazo en el escritorio, que nos paralizó a todos, le gritó a Duménigo:

—¡Atípica! ¿Qué tiene de atípica?

Federico se quedó mudo.

—Diga usted irregular, pero ¡de atípica no tiene nada!

---

[27] Argüelles, Rafael: *Manual de Patología Quirúrgica*, Editorial Científico-Médica, 1963. Octava edición, revisada por el profesor Fernando Cuadrado.

[28] Argüelles, Rafael: *Exploración Quirúrgica*, Editorial Científico-Médica, Cuarta edición, 1956, revisada por el profesor F. Cuadrado.

Enseguida comprendimos que ese día sería memorable en nuestras vidas y que iba a ser un suplicio salir de esta prueba. Parecía que el profesor Cuadrado venía con un carácter horrible y aparentemente con intenciones de suspendernos a todos.

A la contesta de Duménigo a la siguiente pregunta, mostraba una actitud como si no le gustara. Sólo decía:

—¡Diga lo que quiera!

Al fin le ordenó:

—¡Vaya para el examen práctico!

Entonces me tocó el turno. La primera bola que saqué fue sobre el absceso cerebral. Me lo sabía muy bien, hablé de la etiología, sus síntomas clínicos, cuando el profesor Cuadrado me interrumpió:

—¿Cómo se comporta un absceso cerebral?

Quedé atónito.

Repitió el profesor Cuadrado.

—¿Cómo se comporta un absceso cerebral?

Le pregunté qué quería decir con eso.

—Eso mismo, que ¿cómo se comporta?

Volví a describir como los síntomas eran producto de la compresión del absceso, resultando en el desplazamiento de los otros tejidos nerviosos. Pero me paró, gritando:

—¡Se comporta como un tumor cerebral!

Le dije que le había contestado claramente que era una lesión que ocupaba espacio.

—Sí, pero usted no dijo que se comportaba como un tumor cerebral.

Quedé devastado, la posibilidad de un suspenso se veía en el ambiente. Y tener que quedarme otro año más en España me agobiaba.

Muy nervioso me enfrenté a la segunda pregunta: Fisiopatologia de las lesiones del plexo braqial.

Comencé con la anatomía, pero debido al nerviosismo, me dí una trabada en las diferentes raíces nerviosas y los músculos que inervaban. Me formé un rollo, y le pregunté si podía ir al pizarrón y dibujar un esquema del plexo braquial y así facilitarme su descripción.

Me contestó:

—¡Haga lo que quiera!

Su contesta me puso más nervioso. Yo dibujaba en la pizarra y comentaba sobre el esquema, cuando de pronto me gritó:

—¡Puede retirarse!

Con el alma en el piso, me dirigí a un cuarto adyacente al aula del examen, donde se encontraban el profesor adjunto de la cátedra, el doctor Dámaso Sánchez de Vega, y un paciente de la sala de cirugía acostado en una cama. El profesor era un hombre alto y calvo, que al ver mi cara, me preguntó:

—¿Qué le pasa?

Le dije emocionado:

—Creo que no me fue muy bien con Don Fernando.

—Vamos no se preocupe por eso y examine las rodillas a este paciente —me contestó. Así lo hice, desarrollando las distintas maniobras: el choque rotuliano, el signo del cajón, etc, y muy amablemente me dijo:

—Muy bien, puedes marcharte.

No pude observar el examen de Humberto Machado, otro querido compañero, pero me contó que lo había pasado bien mal. Me dijo que una compañera nuestra al observar la manera en que se desarrollaba nuestro examen, se puso a llorar y no se presentó cuando la llamaron.

Todos los alumnos que nos habíamos examinado, esperábamos afuera por la salida del bedel con las papeletas. Salió al fín este último, y comenzó a llamarnos. Con mucho miedo, recogimos las notas, dándole una propina, y vimos sorprendidos que todos habíamos aprobado.

Yo me pregunté, si nos iba a aprobar a todos al comprobar que todos nos sabíamos bien la asignatura, porque nos hizo pasar por tan mal momento, no comprendía su actuación. Sin embargo, yo no sabía todavía que el profesor Cuadrado tendría otra oportunidad para mostrarme su trato despótico y abusivo.

QUIRÚRGICA III

Para desarrollar los temas del segundo y tercer curso de Patología y Clínica Quirúrgica, se seguía el método topográfico. Mas aunque las dos cátedras de Patología y Clínica Médicas tenían los mismos programas en los tres cursos de Medicina Interna, no sucedía igual en la enseñanza de la Cirugía en las dos cátedras de Patología y Clínica Quirúrgica. El catedrático doctor Moraza Ortega, profesor del tercer curso de Cirugía (sexto año de la carrera de medicina), tenía el mismo programa que el segundo curso (quinto año) explicado por el catedrático Cuadrado, y donde se estudiaban las afecciones quirúrgicas de la cabeza, columna vertebral y los miembros superior e inferior.

Por este motivo, a primera vista sería ventajoso para los alumnos que se trataran los mismos temas, pero con la desventaja, primero que no se estudiaba una parte importante de la Cirugía (cuello, tórax, abdomen y genitourinario), y segundo, había ciertas variaciones entre los dos catedráticos al discutir ciertos temas.

Durante el verano había estudiado los libros de texto de ambos catedráticos, pero el escrito por el profesor Moraza me parecía más claro y fácil de entender.[29]

El examen oral de la asignatura se realizó el veintitrés de septiembre y estuvo a cargo del profesor adjunto doctor Joaquín Montero Gómez. Fue relativamente fácil, las bolas que saqué las contesté bien, y al día siguiente tuve el examen escrito. En resumen, aprobé la asignatura sin dificultad.

---

[29] Moraza Ortega, Miguel: *Manual de Patología y Terapéutica Quirúrgicas*, Salamanca. Tomo II (Cabeza y Raquis), 1960. Tomo IV (Miembro Superior, Miembro Inferior) 1961.

XXX

«LOS PARTES»

Durante el curso 1964-1965, las clases de Medicina Legal se impartían los lunes, miércoles y jueves de una a dos de la tarde. El doctor Bonifacio Piga Sánchez Morente, era el catedrático de la asignatura, pero aparentemente la responsabilidad de la cátedra, incluyendo la realización de los exámenes, estaba a cargo del doctor Vicente Paniaga Comendador, el profesor adjunto.

El profesor Piga había publicado en el 1960 un extenso programa de la asignatura, pero compramos en la cátedra un libro mimeografiado con los apuntes de clase, de más de trescientas cincuenta páginas, que contestaba un programa más limitado, y que incluía un cuaderno de prácticas[30].

Recuerdo que en la primera clase, explicando el profesor Paniaga el concepto de Medicina Legal, después de exponer siete definiciones de la misma por diferentes autores, provocó una risa velada en nosotros, al decir:

—El profesor Piga padre, catedrático de Medicina Legal de la Universidad Central, definió la Medicina Legal, de la forma más clara y a la vez concisa: «la Medicina en el Derecho»; definición que el profesor Piga hijo, catedrático de Medicina Legal de la Universidad de Salamanca, completa diciendo: «la Medicina en el Derecho y el Derecho en la Medicina».

Debo mencionar, sin embargo, que los apuntes eran excelentes, desarrollando los temas del programa de la asignatura de una

---

[30] Cátedra de Medicina Legal. Apuntes de clase y cuaderno de prácticas. Curso 1964-1965.

forma muy pedagógica, sobre todo en relación a la Medicina Forense. La sección de documentos y certificados médico-legales no nos iba a servir de mucho valor en los Estados Unidos de América.

Se realizaron unas prácticas, donde basándose en la historia clínica de un paciente atropellado por un automóvil, nos enseñaron a escribir los diferentes Partes, documentos médico-legales dirigidos a los Jueces de Primera Instancia de Salamanca, referentes a las lesiones sufridas en el accidente. Se observaba, el trato de «Ilustrísimo Señor Magistrado», como saludo; y se terminaba el documento con «cuya vida guarde Dios muchos años», la expresión clásica de despedida de aquella época en España de cualquier documento oficial. En otra práctica se estudió la dactiloscopia, utilizando las huellas obtenidas de nuestra mano derecha para la identificación decadactilar.

Debido al número de asignaturas, decidí no presentarme en los exámenes ordinarios de junio, y dejarla para septiembre.

Durante todo el verano, Rolando Branly venía a mi piso después de almuerzo, y estudiábamos la asignatura. Algunos capítulos de la Medicina Legal eran tenebrosos, ya que trataban de estrangulación, ahorcamiento, signos de la muerte, etc. Branly había sufrido recientemente la pérdida de su hijita, por lo que se impresionaba un poco con esas descripciones. Le aconsejé que tratara de no asociar las cosas, pero que de todas maneras a mí también me afectaban.

Un grupo de estudiantes nos reuníamos en un bar con el hijo del profesor Paniaga y le pagamos para discutir los temas más importantes de la asignatura, tomando notas de sus comentarios. Como Julio Buzzi había tenido que marcharse a los Estados Unidos, pues su esposa se encontraba embarazada, lo matriculé en el repaso, diciendole al hijo del adjunto que yo le pasaría las notas a mi compañero. No creo que haber repasado con Paniagüita sirvió para algo, pero nosotros hacíamos todo lo posible para aprobar la asignatura.

Al fin llegó el día del examen final de Medicina Legal, la última asignatura de la carrera de Medicina. Se realizó el miércoles veintinueve de septiembre, a las doce del día.

Debo anotar que la mecánica del examen era de lo más extraña. Como hemos visto, los exámenes en la Facultad de Medicina de la Universidad de Salamanca, eran escritos u orales. Estos últimos eran más dramáticos que los escritos, y además, los estudiantes no sabían cuando les tocaba el turno; unas veces los catedráticos empezaban a llamarlos por orden alfabético y en otras oportunidades, se hacía como una lotería y empezaban por la letra que había salido. Pero en Medicina Legal nos encontramos que el examen tenía unas características *sui géneris*.

El profesor Paniaga dictó las tres preguntas a desarrollar, y al terminar entregábamos los folios escritos. Al día siguiente, los estudiantes eran llamados por orden alfabético y sentados frente al profesor Paniaga y su hijo, leían en alta voz las respuesta que habían escrito. Durante las lecturas, el profesor Paniaga no hacía ningún comentario.

Me llegó el turno y pensé que había contestado muy bien las preguntas, mas al recoger las papeletas, noté que me calificó de Aprobado. Branly, que obtuvo un Notable, le preguntó a Paniagüita, por qué no me habían dado Notable si habíamos contestado casi igual las preguntas. Éste contestó que yo había estado deficiente en algunos datos.

—Lo importante —le dije a Branly— es que pasamos la última asignatura y que ya éramos médicos. Buzzi también aprobó.

XXXI

RELACIÓN DE NOTAS

Días después de concluir todos los exámenes, me llegué hasta la secretaría de la Facultad de Medicina, y le pregunté al encargado de ella, si todas las notas de los exámenes habían sido reportadas por los catedráticos. De esa forma entonces se confeccionaba la Relación de Notas, documento imprescindible para hacer las gestiones y obtención del título de Médico.

Benito me contestó que todavía faltaba Quirúrgica por reportar. Yo pensé que se trataba de Quirúrgica III, ya que era la última de las asignaturas quirúrgicas examinadas. Pasaban los días, y cada vez, que visitaba la secretaría, recibía la misma respuesta. Para complicar las cosas, habíamos decidido regresar a los Estados Unidos por barco, en el Santa María, con lo cual disfrutaríamos de dos semanas de vacaciones —el viaje duraba catorce días— y así llegar listos y descansados para estudiar arduamente para el examen de reválida americano llamado el Foreign o ECFMG. El barco partía de Vigo en Noviembre, por lo que teníamos poco tiempo para realizar las gestiones del título en Madrid y su certificación en la Embajada de los Estados Unidos .

Unos compañeros al ver lo que me sucedía, me dijeron;

—Ten cuidado que Manolito esté detrás de eso.

Manolito era un hombre bajito, que era ayudante de cátedra del profesor Moraza. Se murmuraba que si no le dabas dinero, aunque hubieras aprobado el examen, te ponía suspenso en la relación oficial de notas.

Yo le dí crédito a estas insinuaciones y empecé a buscar a Manolito. Lo encontré un día en un pasillo del Hospital Clínico, y sin pensar en mi comportamiento, me le enfrenté agresivamente, y le dije, casi gritando:

—Oiga, yo aprobé la Quirúrgica III y no está todavía reportada en la secretaría de la Facultad. Usted no sabe de lo que soy capaz, si me hacen una trampa.

Un poco asustado, Manolito me contestó:

—Señor, yo a usted no le he hecho nada.

Uno de mis defectos, a pesar de mi carácter amistoso y risueño y que no he podido controlar, es el de ser explosivo. Mi esposa me dice que soy como un fósforo, me tocan y me enciendo. Ese día comprendo que me porté como una bestia con Manolito.

Enseguida partí para la secretaría, y al informarme Benito que todo seguía igual, le pregunté, que era lo lógico que debería haber hecho la primera vez, cual asignatura específicamente faltaba por reportar. Al contestarme que era la Quirúrgica II, me sentí muy mal con la respuesta, pues comprendí lo injusto que había sido con Manolito.

Pude encontrar a Manolito otra vez en el hospital al día siguiente. Al verme noté que estaba un poco asustado. Le dije:

—Doctor, tengo una pena tremenda con usted. Mi reacción de ayer, sin tener información verdadera, fue una estupidez mía debido al nerviosismo. Estoy muy avergonzado y le suplico que me perdone y que excuse mi mal comportamiento.

Manolito acepto mis excusas, por lo que me sentí un poco mejor.

Los días seguían pasando y todo seguía igual, el profesor Cuadrado no reportaba las notas de Quirúrgica II. Así que averigüé que días operaba en el hospital, y una mañana me aposté a la puerta del quirófano. Cuando se abría para el paso de las enfermeras y ayudantes, yo veía al profesor sentado en una banqueta mientras operaba al paciente.

En ese momento, llegó el doctor Sánchez Vega, el profesor adjunto que me reconoció de cuando me hizo el examen práctico de la asignatura y me preguntó que hacía allí. Le conté que estaba muy nervioso, pues pronto tenía que partir para América, y el profesor Cuadrado, no había reportado todavía mi Aprobado de la asignatura. Me dijo:

—No se preocupe, voy a averiguar que pasa.

A través de la puerta, pude escuchar la conversación.

—Que bien le está quedando esta operación. Mire, Don Fernando, allá fuera se encuentra un chico americano que me dice que necesita que usted reporte su nota de aprobado de Quirúrgica, para la relación de notas y poder marcharse a América.

El profesor Cuadrado viró su cara y me vio, al entreabrirse las puertas del quirófano. Gritó:

—¡Que se vaya al carajo!

El adjunto salió del quirófano y, al mirarme, se encogió de hombros.

Mi corazón latía muy rápido y con gran tristeza abandoné el hospital.

Al llegar a casa, Marta me sirvió el almuerzo y le dije:

—Creo que más nunca nos vamos de España, gracias a este maldito hombre.

Después de comer y descansar unas horas, me dijo Marta:

—Por qué no vas por la Facultad y le preguntas a Benito. por la relación de notas.

—Marta —le contesté— si me han mandado para el carajo hace sólo unas horas, como tú crees que va a haber puesto la nota en la Secretaría.

Sin embargo la insistencia de Marta era muy grande y solamente para que no me siguiera hablando del asunto y me dejara tranquilo, partí más tarde hacia la secretaría de la Facultad.

No más entré en la oficina, Benito me informó:

—Don Fernando acaba de reportar las notas de Quirúrgica II, por lo que ya podemos completar la relación de notas.

Me quedé pasmado.¿Por qué había sido tan cruel el profesor Cuadrado con un pobre estudiante, que solamente quería obtener lo que había conseguido con sus estudios y con su esfuerzo? Con los años, he conocido a personas que hacen daño de gratis, quizás es una anomalía psicológica.

Un sentimiento de melancolía se mezcló con la alegría de haber completado mis estudios de Medicina y lograr el título de Licenciado en Medicina y Cirugía, en la Universidad de Salamanca.

XXXII

RUMBO A MADRID

«Las cosas que hay que hacer cuando apruebas todas los exámenes», era el título de un papel escrito a mano que los cubanos nos trasmitíamos, unos a otros, con las instrucciones para acelerar el proceso para la obtención del título de médico.

Lo primero que tenía que hacer era ir a la secretaria de la Facultad y pagar el costo de los documentos, sellos, etc., dándole una propina de cien pesetas a Benito, para que por favor enviara al Rectorado de la Universidad, ese mismo día, todos esos documentos incluyendo la relación de notas.

Minutos más tarde, me dirigía al Rectorado, y después de pagar los sellos, etc., le di cien pesetas a Juanito, para que devolviera todos los documentos rápidamente a la secretaría de la Facultad.

Al día siguiente, me llegué a la Facultad y al decirme Benito que los documentos ya estaban allí, le di cien pesetas y me aseguró que ese mismo día saldrían para Madrid.

En pocos días resolvimos los asuntos pendientes en Salamanca; ya un baúl con cosas nuestras había salido para Vigo, con destino al barco en que regresaríamos a América desde esa ciudad española. Le vendimos los pocos muebles que teníamos a un compañero de estudios, y Miriam y Rafael se comprometieron en enviarnos a Madrid el dinero que se suponía mis padres me enviaran desde Los Angeles, California. El pasaje en el Santa María ya estaba pago, pero necesitábamos algún dinero para gastos durante el viaje.

Partimos para Madrid, nos alojamos de nuevo en el Hotel Inglés, y comenzamos las gestiones del título de médico.

En Madrid nos encontramos con tres de los compañeros que habían terminado la carrera con nosotros en septiembre, Buzzi, Duménigo y Machado. Nos dirigimos al Ministerio de Educación y allí invitamos a comer a una secretaria del mismo, MariPili, quien nos aseguró que el Ministro firmaría los títulos rápidamente. Certificamos unos a otros, como personas que dominábamos los idiomas español e inglés, las traducciones al inglés de todos los documentos. Finalmente los llevamos a la Embajada Americana, para su legalización.

Al comunicarnos con Miriam y Rafael, nos informaron que no había llegado ningún dinero desde los Estados Unidos. Con todos los gastos en Madrid, el costo del hotel, las gestiones en los ministerios y la embajada, así como el del pasaje en tren a Vigo, casi no teníamos ni una perra chica, como decían los niños en Salamanca.

—Tranquilo —me dijo Rafael— Te mandaré enseguida un giro postal a la oficina del barco en Vigo.

Agradecidos pero atemorizados que no llegara el dinero a tiempo, partimos en el tren para Vigo.

XXXIII

VIGO

Al atardecer, abordamos el tren en el que viajaríamos toda la noche, para llegar a Vigo en la mañana del veintidós de octubre, día en que salía el barco rumbo a América. Fue imposible dormir, no sólo por ocupar asientos de segunda clase, sino por el nerviosismo que nos embargaba, pero nos resignamos por lo menos a descansar. Cuando amaneció, al ir al lavabo para la higiene matutina, nos encontramos con Silvio Díaz, un joven que había comenzado sus estudios en la Facultad de Salamanca ese curso, que por motivos familiares tenía que regresar temporalmente a Miami. Por casualidad, lo haría con nosotros en el Santa María.

Al llegar a la oficina del barco en Vigo, enviamos nuestras maletas y chequeamos que el baúl de la mudada había sido recibido apropiadamente. Mas en ese momento, comenzó un verdadero tormento para nosotros. Al preguntarle al empleado de la oficina si había recibido un giro postal a mi nombre desde Salamanca, nos informó que en la primera distribución del correo esa mañana no vino ningún giro postal, que quizás vendría en el próximo correo, aproximadamente a las once de la mañana. Decidimos caminar por las calles cercanas a la oficina del barco y después de las once regresamos a la misma.

El empleado al vernos llegar, nos dijo enseguida, que no había llegado ningún giro postal en el correo de las once.

Me desesperé, al pensar que estaríamos en un viaje tan largo, catorce días, y sin dinero. Silvio trataba de calmarme.

—Mira, Manolo, yo tengo un poco de dinero, no es mucho pero sobreviviremos —Mas yo seguía protestando.

En ese momento de desesperación, grité en alta voz:

—Dios mio, que ni siquiera una carta hubiera llegado de Rafael para explicarnos algo.

Al instante el empleado de la oficina nos dice:

—Mire señor, giro, giro, ya le dije que no había llegado ninguno. Pero en el primer correo, sí llegó una carta de Salamanca para usted.

Yo no podía creer lo que me decía ese señor y casi le arrebaté la carta de sus manos. Era de Rafael y al abrirla, dentro de ella se encontraba un giro postal.

De lo más rabioso, le pregunté:

—Y, señor mío, que pensaba hacer usted, con esta carta.

Muy tranquilo me contestó:

—Mandarla al barco, para que se la dieran a usted durante el viaje.

Cuando iba a empezar a insultarlo, por estúpido e imbécil, Silvio me dice:

—Corramos, pues el correo cierra a las doce.

Estaban a punto de cerrar las puertas del edificio de correos cuando llegamos al mismo.

Con las pesetas en el bolsillo, nos sentíamos contentos y nos fuimos a almorzar a una tasca gallega.

XXXIV

ADIÓS A ESPAÑA

Desde la cubierta del barco, le dijimos adiós a España. A pesar de que regresábamos a América, con nuestras familias, un sentimiento de tristeza nos embargaba. Era también triste ver a los emigrantes, mayormente hombres, con destino a Suramérica, y a sus mujeres y madres, llorando, vestidas de negro. Recordamos a nuestros abuelos, que emigraron de España a Cuba, dejando patria y familia, que muchas veces no volvieron a ver nunca más.

Marta y yo íbamos en el camarote de segunda clase Nº 68, con baño. Silvio Díaz viajaba en tercera, pero al pagar algo extra, le permitieron venir a comer en el comedor de segunda con nosotros, donde se servía mejor comida que en el comedor de tercera. Las tres comidas del día eran excelentes. El menú era gigante, recuerdo que tanto el almuerzo como la cena consistían de muchos platos. Al llegar a la mesa, nos encontrábamos con entremeses variados y dos jarras de vino, una de rojo y la otra de vino blanco. Llegaba la sopa, seguida de una ensalada, después un plato de pescado o mariscos con vegetales y luego un plato de carne con su guarnición. Seguía un postre de repostería, más frutas y helados. Al final nos llegábamos al salón del bar para cognac y café.

Nuestro camarero era muy amable y amistoso, nos dijo que con su trabajo, además de cumplir el servicio militar, le podía enviar algún dinero a su familia en Portugal.

En la noche, disfrutábamos de la música de la orquesta. Desde entonces, cada vez que escuchamos «La chica de Ipanima», vienen a nuestra memoria los alegres momentos que pasamos en el Santa

María. El cantante de la orquesta del barco era muy simpático y muchas veces paseando por la cubierta del barco nos lo encontrábamos. y conversábamos con él. Un día nos comentó que había mucha tranquilidad social en Portugal al igual que en España, pero que esa tranquilidad se pagaba con la dictadura del gobierno.

Entre nuestros compañeros de viaje se encontraban los señores Stewart y Carmen McFarlane con su hija Sheila, que años más tarde se convertirían en mis pacientes. También conocimos a los

Salcines, cuyo hijo era en esa época fiscal de Tampa, y nos hicimos muy buenos amigos de Braulio Álvarez, dueño del famoso supermercado de Miami, el Oso Blanco, junto a su esposa e hija.

El viaje duró catorce días, y aunque el paso por el Océano Atlántico fue muy aburrido, las distintas paradas durante el itinerario fueron muy interesantes.

Postal del barco Santa María. Buque bandera de la Companhia Colonial de Navegaçâo portuguesa.

El tramo de Vigo a Madeira fue muy movido y llegamos a Funchal a las ocho de la mañana del veinticuatro. Poco después recorrimos la isla en un autobús y durante el mismo nos enseñaron la casa de Fulgencio Batista, quien se encontraba exiliado allí en esa época. Una de las atracciones fue bajar una loma sentados en un aparato de madera sin ruedas y halados por dos portugueses. No creo que hoy en día Marta y yo nos arriesgaríamos en esa aventura. ¡Juventud divino tesoro y tiempo de locura!

Recibimiento en Funchal, Madeira
Marta se retrató acostada en una hamaca que
cargaban dos hombres, con sus típicos trajes de
sombrero de paja, camisa y pantalón blancos.

Los García Linares en el «carro del monte».

Luego fue Canarias, que nos recordó mucho la geografía de Cuba. El guía era de origen cubano, que se quedó en Santa Cruz de Tenerife, al visitarla de niño, cuando la Guerra Civil Española.

A las seis de la tarde comenzamos el largo recorrido por el Atlántico (ocho días). Pasábamos el tiempo paseando por el barco, comiendo, bailando y viendo películas en el salón de baile.

Los García Linares con Emiliano y Juana Salcines,
y Silvio Díaz, disfrutando el día de la
cena del capitán en el Santa María.

Al parar el barco en La Guaira, Venezuela, había mucha intranquilidad política. La policía visitó el barco, con un tipo de matones con pistolas al cinto. Decidimos no visitar Caracas.

Curacao nos impresionó con su población, mayormente negra, amable y políglota.

Durante el recorrido por el Paso de los Vientos, entre Cuba y Haití, recuerdo que una vez una inmensa ola cubrió todo el barco. Braulio y yo, que estábamos visitando la parte más alta del barco, quedamos empapados.

Finalmente, el cinco de noviembre, el Santa María llegó a Port Everglades, nuestro puerto de entrada a los Estados Unidos. Nos esperaban los padres de Marta. Inmigración subió al barco, donde nos dieron los documentos de entrada al país, y luego pasamos a Aduana. Recuerdo que nos pidieron la llave del baúl y al no encontrarlas, con mucha pena les dije que rompieran los candados para su inspección, pero decidieron no hacerlo y nos dejaron marchar.

Una etapa de mi vida que terminaba, llegando a tierras americanas sin más fortuna que mi título de médico.

El grupo que nos graduamos juntos en Salamanca se inscribió en un curso de repaso en la Universidad de Miami, tomando el examen de reválida el nueve de febrero de 1966. Los cuatro (Julio Buzzi, Federico Duménigo, Humberto Machado y yo) aprobamos el examen y el veinticuatro de junio comenzamos nuestro entrenamiento como internos del Hospital Universitario Jackson Memorial Hospital.

XXXV

DATOS BIOGRÁFICOS DEL AUTOR

Manuel García-Linares nació en La Habana, Cuba, el 26 de julio de 1937.

Se graduó de Bachiller en Ciencias en el Instituto de la Víbora en 1955 y comenzó sus estudios de Medicina en la Universidad de La Habana, que se interrumpieron debido a la situación política de Cuba y el arribo del comunismo.

Partió al exilio el primero de enero de 1961.

Pudo completar sus estudios en la Facultad de Medicina de la Universidad de Salamanca, España, donde se graduó de Licenciado en Medicina y Cirugía en octubre de 1965.

En la Escuela de Medicina de la Universidad de Miami (Hospitales Jackson Memorial y Veteranos) realizó el Internado y la Residencia en Medicina Interna (1966-1969)

Sirvió en el cuerpo médico del Ejército de los Estados Unidos de América como Comandante. Internista del Martin Army Hospital, Fort Benning, Georgia (1969-1970) y Jefe del 326th. Medical Batallion de la 101st. Airborne Division en la guerra de Vietnam (1970-1971), recibiendo la Bronze Star Medal, el Purple Heart, dos Army Commendation Medals, el Combat Medical Badge y la National Defense Medal.

Al regresar de la guerra, fue Fellow de Reumatología en la Escuela de Medicina de la Universidad de Miami (Hospitales

Jackson Memorial y Veteranos) y Chief Medical Resident en el Hospital de Veteranos /1971-1972).

Miembro Titular de la Sociedad Cubana de Medicina Interna (Miami, Florida), fue uno de los fundadores de la Asociación de Graduados de las Universidades Españolas (A.G.U.E.).

Profesor Clínico Asociado de Medicina (División de Reumatología) de la Universidad de Miami y Fellow Fundador del American College of Reumatology, ejerció la especialidad de Reumatología en la ciudad de Miami, Florida, hasta el 2006.

765-2   CLASE TRABAJADORA Y MOVIMIENTO SINDICAL EN CUBA / 2 vols.: 1819-1996), Efrén Córdova

773-3   DE GIRÓN A LA CRISIS DE LOS COHETES: La segunda derrota, Enrique Ros

786-5   POR LA LIBERTAD DE CUBA (una historia inconclusa), Néstor Carbonell Cortina

794-6   CUBA HOY (la lente muerte del castrismo), Carlos Alberto Montaner

798-9   APUNTES SOBRE LA NACIONALIDAD CUBANA, Luis Fernández-Caubí

804-7   EL CARÁCTER CUBANO, Calixto Masó y Vázquez

823-3   JOSÉ VARELA ZEQUEIRA (1854-1939); Su obra científico-literaria, Beatriz Varela

832-2   TODO TIENE SU TIEMPO, Luis Aguilar León

860-8   VIAJEROS EN CUBA (1800-1850), Otto Olivera

862-4   UNA FAMILIA HABANERA, Eloísa Lezama Lima

874-8   POR AMOR AL ARTE (Memorias de un teatrista cubano 1940-1970), Francisco Morín

875-6   HISTORIA DE CUBA, Calixto C. Masó (Ed. De Leonel de la Cuesta)

876-4   CUBANOS DE DOS SIGLOS: XIX y XX. ENSAYISTAS y CRÍTICOS, Elio Alba Buffill

880-2   ANTONIO MACEO GRAJALES: EL TITÁN DE BRONCE, José Mármol

886-1   ISLA SIN FIN (Contribución a la crítica del nacionalismo cubano), Rafael Rojas

901-9   40 AÑOS DE REVOLUCIÓN CUBANA (El legado de Castro), Efrén Córdova, Editor

907-8   MANUAL DEL PERFECTO SINVERGÜENZA, Tom Mix (José M. Muzaurieta)

931-0   EL CAIMÁN ANTE EL ESPEJO. Un ensayo de interpretación de lo cubano, Uva de Aragón

934-5   MI VIDA EN EL TEATRO, María Julia Casanova

944-2   DE LA PATRIA DE UNO A LA PATRIA DE TODOS, Ernesto F. Betancourt

945-0   CRONOLOGÍA HISTÓRICA DE CUBA (1492-2000), Manuel Fernández Santalices.

952-3   ELAPSO TEMPORE, Hugo Consuegra

953-1   JOSÉ AGUSTÍN QUINTERO:Un enigma histórico del exilio cubano del ochocientos Jorge Marbán

955-8   NECESIDAD DE LIBERTAD (ensayos-artículos-entrevistas-cartas), Reinaldo Arenas

956-6   FÉLIX VARELA PARA TODOS / FELIX VARELA FOR ALL, Rabael B. Abislaimán

957-4   LOS GRANDES DEBATES DE LA CONSTITUYENTE CUBANA DE 1940, Edición de Néstor Carbonell Cortina

965-5   CUBANOS DE ACCIÓN Y PENSAMIENTO (60 biografías), Octavio R. Costa

968-x   AMÉRICA Y FIDEL CASTRO, Américo Martín

974-4   CONTRA EL SACRIFICIO / DEL CAMARADA AL BUEN VECINO / Una polémica filosófica cubana para el siglo XXI, Emilio Ichikawa

979-5   CENTENARIO DE LA REPÚBLICA CUBANA (1902-2002),William Navarrete y J. de Castro Mori (Ed.).

980-9   HUELLAS DE MI CUBANÍA, José Ignacio Rasco

982-5   INVENCIÓN POÉTICA DE LA NACIÓN CUBANA, Jorge Castellanos

8-006-5   FIDEL CASTRO Y EL GATILLO ALEGRE. LOS AÑOS UNIVERSITARIOS, Enrique Ros

8-000-6   LA POLÍTICA DEL ADIÓS, Rafael Rojas
8-006-5   FIDEL CASTRO Y EL GATILLO ALEGRE. LOS AÑOS UNIVERSITARIOS, Enrique Ros
8-011-1   REFLEXIONES SOBRE CUBA Y SU FUTURO, Luis Aguilar León (3ª.edición revisada y ampliada)
8-014-6   AZÚCAR Y CHOCOLATE. HISTORIA DEL BOXEO CUBANO, Enrique Encinosa
8-025-1   EL FIN DE LA IDIOTEZ Y LA MUERTE DEL HOMBRE NUEVO, Armando P. Ribas
8-028-6   CONTRA VIENTO Y MAREA. PERIODISMO Y ALGO MÁS (Memorias de un periodista 1920-2000), José Ignacio Rivero
8-035-9   CUBA: REALIDAD Y DESTINO. PRESENTE Y FUTURO DE LA ECONOMÍA Y LA SOCIEDAD CUBANA, Jorge A. Sanguinetty
8-038-3   MUJERES EN LA HISTORIA DE CUBA, Antonio J. Molina
8-043-x   MIS MEMORIAS, Mario P. Landrían M.D.
8-045-6   TRES CUESTIONES SOBRE LA ISLA DE CUBA, José García de Arboleya
8-047-2   LA REVOLUCIÓN DE 1933 EN CUBA, Enrique Ros
8-051-0   MEMORIAS DE UN ESTADISTA. FRASES Y ESCRITOS EN CORRESPON- DENCIA, Carlos Márquez-Sterling (Edición de Manuel Márquez-Sterling).
8-057-x   EL RESCATE DE LA CUBA ETERNA, José Sánchez-Boudy
8-061-8   LA HABANA EN EL SIGLO XXI. URBANISMO ACTUAL, Osvaldo de Tapia-Ruano
8-062-6   EL EXILIO HISTÓRICO Y LA FE EN EL TRIUNFO, José Sánchez-Boudy
8-064-2   MORIR DE EXILIO, Uva de Aragón
8-067-5   CUBA: INTRAHISTORIA. UNA LUCHA SIN TREGUA, Rafael Díaz-Balart
8-072-3   ENCUENTRO EN 1898. TRES PUEBLOS Y CUATRO HOMBRES (Cuba-España-Estados Unidos /Cervera-T. Roosevelt-Calixto García-Juan Gualberto Gómez), Jorge Castellanos
8-075-8   FÉLIX VARELA: PROFUNDIDAD MANIFIESTA I: Primeros años de la vida del padre Félix Varela Morales: infancia, adolescencia, juventud (1788-1821), P. Fidel Rodríguez
8-079-0   EL CLANDESTINAJE Y LA LUCHA ARMADA CONTRA CASTRO, Enrique Ros
8-100-2   JOSÉ ANTONIO ECHEVERRÍA: VIGENCIA Y PRESENCIA, Julio Fernández-León.
8-107-x   LA FUERZA POLÍTICA DEL EXILIO CUBANO / 4 vols. (1952-2000), Enrique Ros
8-117-7   MOMENTOS ESTELARES EN LA HISTORIA DE CUBA, Emilio Martínez Paula
8-115-0   LUCES Y SOMBRAS DE CUBA, Néstor Carbonell Cortina
8-129-0   VIVIDO AYER (Leyendas y misterios de Cuba), Sergio San Pedro
8-131-2   LA VERDADERA REPÚBLICA DE CUBA, Andrés Cao Mendiguren
8-135-5   RETOS DEL PERIODISMO, Alberto Muller
8-143-6   CRÓNICAS DE LA REPÚBLICA. CUBA: 1902-1958, Uva de Aragón
8-151-7   EPISCOPOLOGIO CUBANO III: DIEGO DE SARMIENTO, TERCER OBISPO DE CUBA, 1535-1547, Reynerio Lebroc Martínez
8-152-5   POR AMOR A LA PELOTA. HISTORIA DEL BÉISBOL AMATEUR CUBANO, Marino Martínez Peraza
8-154-1   CON EL RIFLE AL HOMBRO, Horacio Ferrer
8-157-6   50 AÑOS DE REVOLUCIÓN EN CUBA. El legado de los Castro, Efrén Córdova (Ed.).

8-167-3   UNA MIRADA SOBRE TRES SIGLOS. MEMORIAS, Orestes Ferrara)

8-172-x   EL LIBRO NEGRO DEL CASTRISMO, Jacobo Machover (Con ilustraciones de Gina Pellón)

8-173-8   CUBA: AGONÍA Y DEBER. DE LETRAS E HISTORIA, Elio Alba Buffill

8-184-3   CRÓNICAS EJEMPLARES, Víctor Vega Ceballos. Edición de María Vega de Febles y Eduardo A. Febles

8-196-7   CARLOS MANUEL DE CÉSPEDES: DE YARA A SAN LORENZO. LA LEALTAD Y LA PERFIDIA. EL BRIGADIER DE CAMBUTE, EL MÉDICO DE JIGUANÍ, Enrique Ros

8-199-1   PANORAMA DEL PROTESTANTISMO EN CUBA, Marcos Antonio Ramos

8-206-8   SER O NO SER, ¡ESA ES LA JODIENDA! PAISAJES Y RETRATOS, Paquito D'Rivera

8-211-4   CUBA: MAMBISES NACIDOS EN OTRAS TIERRAS, Enrique Ros

8-214-9   LA FIERA DEL LIBRE, Roberto Luque Escalona

8-231-9   VICENTE GARCÍA, EL INCOMPRENDIDO MAYOR GENERAL CUBANO, Enrique Ros

8-232-7   PERIPECIAS DE UN MÉDICO RURAL EN LA CUBA DE LOS CASTRO Y MUCHO MÁS, Jesús Bravo Espinosa M.D..

8-235-1   EL AÑO DE LA PERA. TRADICIONES, RELATOS Y MEMORIAS DE CIENFUEGOS, Guillermo Arango

8-238-6   ACUERDOS, DESACUERDOS Y RECUERDOS, José Ignacio Rasco

8-240-8   EXILED CUBA. A CHRONICLE OF THE YEARS OF EXILE FROM 1959 TO THE PRESENT., Raúl Chao

8-242-4   UNA PALABRA MÁS FUERTE. LOS ESCRITOS DE MONSEÑOR AGUSTÍN ROMÁN. Julio Estorino (Ed.)